中国古典小说丛书

混唐后传

[明] 钟惺 著

江西美术出版社
全国百佳出版单位

图书在版编目（CIP）数据

混唐后传/（明）钟惺著.--南昌:江西美术出版社,2018.10（2019.10重印）
ISBN 978-7-5480-6196-0
Ⅰ.①混… Ⅱ.①钟… Ⅲ.①章回小说—中国—明代 Ⅳ.①I242.4
中国版本图书馆CIP数据核字（2018）第140585号

出 品 人：周建森
企　　划：江西美术出版社北京分社
　　　　　（北京江美长风文化传播有限公司）
责任编辑：楚天顺　朱鲁巍　康紫苏
责任印制：谭勋

混唐后传
HUNTANG HOUZHUAN
（明）钟惺　著

出版发行：江西美术出版社
社　　址：南昌市子安路66号　江美大厦
网　　址：http://www.jxfinearts.com
电子信箱：jxms@jxfinearts.com
电　　话：010-82293750　0791-86566124
邮　　编：330025
经　　销：全国新华书店
印　　刷：河北盛世彩捷印刷有限公司
版　　次：2018年10月第1版
印　　次：2019年10月第2次印刷
开　　本：690mm×960mm　1/16
印　　张：10.75
ISBN 978-7-5480-6196-0
定　　价：25.00元

本书由江西美术出版社出版，未经出版者书面许可，不得以任何方式抄袭、复制或节录本书的任何部分。
版权所有，侵权必究
本书法律顾问：江西豫章律师事务所　晏辉律师

"中国古典小说丛书"出版说明

所谓"古典小说"云者,其义有二焉:一曰,但凡古代之小说,皆可谓之"古典小说";一曰,但凡技法未受泰西影响之小说,亦可谓之"古典小说"。然此特就今人之观念言之耳。

揆诸坟典,"小说"一词,出自《庄子·外物篇》,其言曰:"饰小说以干县令,其于大达亦远矣。"由此观之,庄子所谓"小说",不过琐屑之言,以其无关道术,故以小说名之耳。

炎汉成、哀之世,刘向、刘歆父子典校秘书,检讨百家学说,取桓谭《新论》"小说家合丛残小语,近取譬论,以作短书,治身治家,有可观之辞"之意,把《伊尹说》《鬻子说》诸书,归为"小说家"之书,而《汉书·艺文志》(以下简称《汉志》)继之。夷考其说,"小说家者流,盖出于稗官,街谈巷语,道听途说者之所造也"(语出《汉志》),此亦非后世之小说也。

唐修《隋书》,其《经籍志》立论本诸《汉志》,以小说为"街谈巷语之说"(《隋书·经籍志》语)。当此之时,小说之名虽同,而其类目稍广,举凡《燕丹子》《世说》《迩说》之属,皆可入诸小说名下。

后晋修《唐书》,其《经籍志》立论与《隋志》无异,以《博物志》隶小说,此为"神异志怪之书"入小说之始。

天水一朝,欧阳文忠公撰《新唐书·艺文志》(以下简称《新唐志》),以《列异传》《甄异传》《续齐谐记》《感应传》《旌异记》等"史部·杂传类"之书移于"小说类"。至是,小说之部类日梦。

及元脱脱修《宋史》,《艺文志·小说类》承《新唐志》之旧而增广之。

明胡应麟以小说繁夥，派别滋多，于是综核大凡，分小说为六类：一曰"志怪"，一曰"传奇"，一曰"杂录"，一曰"丛谈"，一曰"辩订"，一曰"箴规"。至此，小说一类已蔚为大观，脱《汉志》"街谈巷语"之成规。

清修"四库"，《总目提要》（以下简称《提要》）别小说为三派，"其一叙述杂事……其一记录异闻……其一缀辑琐语"，而又损益之。考诸《提要》，则损益可知：一曰，进"丛谈""辩订""箴规"为"杂家"；一曰，隶《山海经》《穆天子传》诸书于小说。小说范围，至是乃稍整洁矣。其分目虽殊，而论述则袭诸旧志。

曩者宋元明清之史志，难觅"平话""演义"之书，此特士夫习气，鄙其为末流所使然也。史家成见，一至于斯。今人刻书，自当脱古人窠臼。

说部诸书，以文体分，有"白话""文言"之别；以体裁分，有"话本""传奇""演义"之别；以内容分，有"佳话""世情""侠义""家将""神魔"之别。细玩其文，既有劝世之良言，亦有"诲淫诲盗"之糟粕，而抉择去取，转成读说部书之第一要务。以此之故，编者特于说部诸书择其精者，辑之而为"中国古典小说丛书"，凡百余种。

然说部之书浩如烟海，其精者又何限于区区百十之数？此次出版，难免遗珠之憾。然能俾读者因之而省择取之劳，进而得窥说部精要，示人以津梁，则尚不违出版"中国古典小说丛书"之初心。

说部之书，多出自书坊，脱误错乱，在所难免，故于"取其精华，去其糟粕"外，尚需广施校雠，始得成其为可读之书。以此之故，编者多方搜罗以定底本，精排其版以美其观，躬自校雠以正讹误，然后付诸枣梨，装订成书，以飨读者。

限于编者学力有限，书中疏漏之处，在所难免，尚祈广大方家、读者诸君不吝批评斧正。凡能指出书中一二谬误者，皆为吾师，吾人不胜感激之至。

戊戌仲夏上浣，邵鹏军序于丰台晓月里

目　　录

第一回
长孙后遣放官女　唐太宗魂游地府……………………………… 001

第二回
唐俭奉诏选秀女　西辽遣使下战书……………………………… 007

第三回
仁贵统兵征辽西　保童献计困大唐……………………………… 011

第四回
苏保童刀伤仁贵　薛丁山箭敌保童……………………………… 015

第五回
薛仁贵辽西认子　陈金定计杀辽婆……………………………… 020

第六回
金莲作法救丁山　青云领兵战金莲……………………………… 025

第七回
仁贵保驾回长安　媚娘披缁入尼寺……………………………… 028

第八回
冯小宝行淫禅寺　武媚娘蓄发还宫……………………………… 032

第九回
昌宗受荐幸太后　怀义建节抚硕贞……………………………… 036

第十回
安金藏剖腹鸣冤　骆宾王草檄讨罪……………………………… 041

第十一回
改国号女主称尊　违君召怀僧丧身……………………………… 045

第十二回
释情痴夫妇感恩　伸义讨兄弟被戮……………………………… 049

第十三回
结彩楼嫔御评诗　游灯市帝后行乐………… 054

第十四回
鸩昏主竟同儿戏　斩逆后大快人心………… 058

第十五回
上皇难庇恶公主　张说不及死姚崇………… 062

第十六回
江采萍恃爱追欢　杨玉环承恩夺宠………… 067

第十七回
禄山入宫见妃子　力士沿街觅状元………… 072

第十八回
纵嬖宠洗儿赐钱　惑君王对使剪发………… 077

第十九回
谪仙应诏答番书　力士进谗议雅调………… 081

第二十回
逍遥学士识英雄　误用番人作藩镇………… 086

第二十一回
幻作戏屏上婵娟　小游仙空中音乐………… 089

第二十二回
公远预寄蜀当归　禄山请用番将士………… 093

第二十三回
长生殿半夜私盟　勤政楼通宵欢宴………… 100

第二十四回
雪衣女诵经得度　赤心儿欺主作威………… 104

第二十五回
安禄山范阳造反　封常清东京募兵………… 109

第二十六回
唐明皇梦中见鬼　雷万春都下寻兄………… 113

第二十七回
矢忠贞真卿起义　　遭疑忌舒翰丧师…………………………………118

第二十八回
延秋门君臣奔窜　　马嵬驿兄妹伏诛…………………………………122

第二十九回
留灵武储君践位　　陷长安逆贼肆凶…………………………………126

第三十回
凝碧池乐工殉节　　普施寺摩诘吟诗…………………………………130

第三十一回
安禄山屠肠殒命　　南霁云啮指乞师…………………………………134

第三十二回
李暮石上逢怪虎　　老翁船中惊蛟龙…………………………………138

第三十三回
郭令公上表报恩　　广平王立功奏绩…………………………………143

第三十四回
达奚盈盈续旧好　　江采萍妃返故宫…………………………………148

第三十五回
得画像上皇题诗　　遗锦袜老妪获钱…………………………………153

第三十六回
赦反贼君念臣恩　　了前缘人同花谢…………………………………156

第三十七回
迁西内离间父子　　遭鸿都结证隋唐…………………………………160

第一回

长孙后遣放宫女　唐太宗魂游地府

词曰：

春水渌光如闪电，触目垂慈便觉阳和转。幽恨绵绵方适愿，普天同庆恩波遍。

生死一朝风景变，漫道黄泉也自通情回。满地荆榛绕指揃，惊回恶梦堪欣羡。

——调《蝶恋花》

话说唐太宗自登基以后，灭了突厥，胡越一家，四方平定，礼乐咸兴。至贞观九年五月，上皇有疾，崩于大安宫。太宗哭泣尽哀，葬祭合礼，颁诏天下，谥曰神尧。

一日，太宗闲暇，与长孙皇后、众嫔妃游览至一宫，即有许多宫女承应。看去虽多齐整，然老弱不一。有几个奉茶上来。皇后问道："你们这些宫奴，是几时进宫的？"众宫人答道："也有近时进宫的，隋时进宫的居多。"皇后道："隋时进宫久了，如今你们多少岁了？"众宫人道："十二三岁进宫，今已三十五六岁了。"皇后见众宫女情景，甚觉可悯，因对太宗道："妾想陛下一人，精力有限，何苦用着这许多人伺候，使这班青春女子，终身禁锢宫中，何不将此辈放些出去，使他们归宗择配，完他们下半世受用。"太宗笑道："御妻之言是也。"遂命掌宫监臣魏荆玉，把这些宫女都造册籍，明日进呈。荆玉领旨，是夜就把各宫宫女各个造册，天明造完，伺天子视朝毕，将册籍呈上。太宗看了一回道："你去叫他们齐到翠华殿来。"荆玉领旨去了。太宗回宫，指着册籍对皇后道："那些宫女不知糜费了民间多少血泪、多少钱粮，今却蔽塞在此，也得数日功夫去查点他们。"皇后道："不难，陛下点一半，妾同徐夫人点一半，顷刻就可完了。"太宗便同皇后、徐惠妃到翠华殿来。宫娥拥挤在院子里，太宗与皇后各自一案坐了，徐惠妃坐在皇后旁边，宫女分两处唱名。点了一行，又是一行。太宗拣年纪二十内者暂置各宫使唤，年纪大者尽行放出，约有三千余人。叫魏荆玉快写告示："晓谕民间，叫他父母领去择配。如亲戚远的，你自拣对头与他配合。"三千宫娥欢天喜地，叩头谢恩，带了细软出宫。魏监将一所旧庭院安放这些宫女，即出榜晓谕。一月之间，那些百姓晓得了，近的，领了去；远的，魏监私下受了些财礼嫁去，倒也热闹。不上两月，将次嫁完，只剩夭夭、小莺两个，他们是关外人，亲戚父母都不见来。

一日，魏监想起一个好友，是锦衣卫指挥使姓韦名玄贞，年近四旬，尚未有子，其妻劝他娶妾，他意尚未决。当时魏监主意定了，遂差一个小太监将夭夭、小莺送到韦玄贞家来。时玄贞不在家，小太监对他夫人说道："魏公公晓得韦老爷未有子，特差我送这两个美人来，与韦老爷为侧室。"夫人听了十分欢喜。等玄贞回家就令两个美人在书房服侍玄贞。玄贞知是夫人美意，就在书房里与两个美人睡了一夜，次日入内谢了夫人，又往谢魏监。后来夭夭、小莺各生下子女，小莺生一女为中宗皇后，封玄贞为上洛王。这是后话休题。

贞观十年六月，长孙皇后有疾，崩于仁静宫。次日，宫司将皇后采择自古得失之事为《女则》三十卷进呈。太宗览之悲恸，以示近臣道:"皇后此书,足以垂范百世。朕非不知天命而为无益之悲,但人不闻规谏之言,失一良佐,故不能忘怀耳。"冬十一月,葬皇后于昭陵,近窦太后献陵里许。上念后不已,乃于苑中做层楼观以望昭陵,尝与魏征同登,使征视之。征熟视良久道:"臣昏盹不能见。"上指示之,魏征道:"臣以为陛下望献陵若昭陵则臣固见之矣!"上泣,为之毁观,然心中终是悲伤。

贞观十三年,太宗忽然病起来,众臣日夕候问,太医勤勤看视。过四五日,不能痊可。时魏征、李勣到寝宫叩首问安。太宗道:"朕今病势甚危,谅不能与诸卿再聚矣!"李勣道:"陛下春秋正富,岂可出此不吉之语。"魏征道:"陛下勿忧,臣能保龙体转危为安。"太宗道:"吾病已笃,卿如何保得?"说罢,转面向壁,微微地睡去了。魏征不敢惊动,与李勣等退出。勣问道:"公有何术,可保圣躬转危为安?"魏征道:"如今地府掌生死文簿的判官,乃先皇驾下的旧臣,姓崔名珏。他生前与我有交,今梦寐中,时常相叙。我若以一书致之,托他周旋,必能起死回生。"李勣闻言,口虽唯唯,心却未信。少顷,官人传报,皇爷气息渐微,危在顷刻矣。魏征即写下一封书,亲持至太宗榻前焚化了。吩咐官人道:"圣体尚温,切勿移动,静候至明日此时,定有好意。"遂与众官往宫门首伺候。

且说太宗睡到日暮,觉渺渺茫茫,一灵儿出五凤楼前,只见一只大鹞飞来,口中衔着一件东西。太宗平昔深喜佳鹞,见了欢喜。定睛一看,心中转惊道:"奇怪!此鹞乃我前日所弄之物。那时执在手中,忽见魏征来奏事,一时慌急,藏于怀中,及魏征去,开怀视之,此鹞已匿死矣。为甚又活起来!"忙去捉他,那鹞儿忽然不见,口中所衔之物,坠于地上。太宗拾起看时,却是一封书。书面上写着:"人曹官魏征书奉判兄崔公。"下注云:"讳珏,系先朝旧臣,伏乞陛下,面致此书,以祈回生。"太宗看了欢喜,把书袖了,向前行去。忽见一人走来,高声叫道:"大唐皇帝,往这里来。"太宗抬头一看,看那人纱帽蓝袍,手执象笏,走进太宗身边,跪拜路旁道:"臣迎接陛下。"太宗问道:"卿是何人,是何官职?"那人道:"微臣是崔珏,存日曾在先皇驾前为礼部侍郎,今在阴司为酆都判官。"太宗大喜,忙将御手扶起道:"先生远劳。朕驾前魏征有书一封,欲寄先生,却好相遇。"就在袖中取出,递与崔珏。崔珏接来拆开看了,说道:"陛下放心,魏人曹书中不过要臣放陛下回阳之意,且待少顷,见了十王,臣送陛下还阳便了。"太宗称谢。又见那边走来两个软翅的小官儿说道:"阎王有旨,请陛下暂在客馆中宽坐一回,候勘定了隋炀帝一案,然后来会。"太宗道:"隋炀帝还没有结卷?朕正要看他。烦崔先生引去一观。"崔珏道:"这使得。"大家举步前行,忽见一座大城,城门上写"幽明地府鬼门关"七个大字。崔珏道:"微臣在前引着陛下,恐有污秽相触。"领太宗入城顺街而行。忽见道旁边走出建成、元吉来,大声喝道:"世民来了,快还我们命来。"崔判官忙把象笏擎起道:"这是阎君请来的,不得无礼。"二人倏然不见。又行到一座碧承楼台,甚是壮丽。见一对青衣童子,执着幢幡宝盖,引着一个后生皇帝,后边随着十余个纱帽红袍的人。太宗道:"这是何人?"崔珏道:"是隋炀帝的宫女朱贵儿,他生前忠烈,骂贼而死。曾与杨广马上定盟,愿生生世世为夫妇。后边这些是从亡的袁宝儿、花伴鸿、谢天然、姜月仙、梁莹娘、薛南哥、天绛仙、妥娘、杳娘、月宾等。朱贵儿做了皇帝,那些人就是他的臣子。如今送到玉霄宫去修真一纪,然后降生王家。"言讫,又见两个鬼卒,引着一个垂脸丧气的人出来。崔珏道:"这是隋炀帝,要带到转轮殿去。尚有弑父杀兄一案未结,要在畜牲道中受报,待四十年中洗心改过,然后降生阳世,改形不改姓,为杨家女,与朱贵儿为后,完马上之盟,受用二十余年。项上白绫还未除去者,仍要如此结局。"太宗道:"炀帝一生,残虐害民,淫乱宫闱,今反得为帝后,难道淫乱残忍,倒是该得?"崔珏道:"残忍民之劫数,至若奸蒸,此地自然降罚,今为帝后,不过完贵儿盟言。"

又见一吏走出来，对太宗道："十王爷有请。"太宗忙走上前。十个阎王降阶迎接，太宗谦让，不敢前行。十王道："陛下是阳间人王，我等是阴间鬼王，分所当然，何须过让。"太宗只得前行，竟入森罗殿上。与十王礼毕，坐定。秦广王道："先前有个泾河老龙，告陛下许救，而终杀之，何也？"太宗道："朕当时曾梦老龙求救，实是允他生全。不期他犯罪当刑，该人曹官魏征处斩。朕宣魏征下棋，岂知魏征倚案睡去，一梦而斩。这是龙王罪犯当死，又是人曹官出没神檄，岂是朕之过咎。"十王闻言，服罪道："自那老龙未生之前，南斗生死簿上，已注定该杀于魏人曹之手，我等皆知。但是他折辩，定要陛下来此三曹对质。我等将他送入轮藏转生去了。但令兄建成、令弟元吉，日夕在这里哭诉陛下害他们性命，要求质对，请问陛下有何说？"太宗道："这是他们兄弟屡屡合谋，要害朕躬，当时若非敬德相救，则朕一命休矣。又使张、尹二妃设计撺唆父皇，若非褚亮进谏，则朕一命又休矣。又暗下鸩毒于酒中害朕，若非孙真人相救，则朕一命又休矣。屡次害朕不死，那时直欲提兵杀朕，朕不得已而救死，势不两立，彼自阵亡，于朕何与？愿王察之。"十王道："吾亦对令兄令弟，反复晓谕，无奈，他们执诉愈坚，吾暂将他安置闲散，俟他时定夺。今劳陛下降临，望乞恕我等催促之罪。"言毕，命掌生死簿判官："快取簿来看，唐王阳寿该有多少？"崔珏急转司房，将天下万国之王总簿一看，只见南赡部洲大唐太宗皇帝，注定贞观一十三年。崔珏看了大惊，急取笔蘸墨将"一"字上添上两画，忙出来，将文簿呈上。十王从头一看，见太宗名下注定三十三年。十王又问："陛下登基多少年了？"太宗道："朕即位已一十三年了。"十王道："陛下还有二十年阳寿，此一来，已对案明白，请还阳世。"太宗躬身称谢。十王差崔判官、朱太尉送太宗还魂。太宗谢别出殿，朱太尉执一面引魂幡在前引路。只见一座阴山，觉得凶恶异常。太宗道："这是何处？"崔珏道："这是枉死城。前日那六十四处烟尘草寇众头目枉死的鬼魂，都在里头，无收无管，又无钱钞用度，不得超生，陛下该赏他们些盘缠，好过去。"太宗道："朕空身在此，那里有钱钞？"崔珏道："陛下的朝臣尉迟恭有料钱三库，寄顿在阴司，陛下若肯出名立一契，小判作保，借他一库，给散与这些饿鬼，到阳间还他，那些冤鬼便得超生，陛下可安然过去。"太宗大喜，情愿出名借用。崔珏呈上纸笔，太宗遂主了文书，崔珏袖着。将到山边，见许多鬼拥出来，尽是拖腰折臂，也有无头的，也有无脚的，都喊道："李世民来了，还我命来。"太宗大惊失色。崔珏道："你们不得无礼，我替大唐爷爷借一库银子的票儿在此，你们去叫那魔头来领票去，支取分给。唐皇爷阳寿未终，到阳间去还要做水陆道场，超度你们哩。"众鬼听了，遂去叫魔头来，崔珏把票儿付与魔头，众鬼欢喜而去。三人又走了里许，见一青石大桥，滑润无比。太宗向桥上走去，刚要下桥，听得天庭一个霹雳，吃了一惊，跌将下来。未知太宗如何，且听下回分解。

第二回

唐俭奉诏选秀女　西辽遣使下战书

　　当时太宗跌下桥来，忙叫道："跌死我也，跌死我也。"开眼一看，见太子、嫔妃都在旁伺候。太子忙传魏征等。魏征走近御床道："好了，陛下回阳了。"太医就进"定心汤"。太宗吃了，站起身来。魏征问道："陛下到阴司，可曾会见崔珏吗？"太宗道："亏他护持。"便将幽梦所见细细述与众人听。众人拜贺而出。太宗即传旨，宣隐灵山法师唐三藏到京。天使领旨去了。四五天，唐三藏就随天使到京，建水陆道场，超度幽魂。又命以金银一库还尉迟恭，恭辞不受，太宗再三勉谕，恭方拜受而出。太宗在宫中，调摄了五六天，御体比前愈觉强健。不期被火焚了大盈库。魏征道："天灾流行，皆由宫中阴气抑郁所致，乞将先帝所御嫔妃尽行放出。"太宗见说，深以为是，即将先帝时宫女尽数放出，复有三千余人，宫禁为之一空。遂差唐俭往民间点选良家秀女，年十四五岁者，只许百名，入宫使用。唐俭领旨去了。

　　却说荆州府有一乡宦，姓武名士彟，曾任都督之职。因天性恬淡，为宦途所鄙，遂弃官回家。妻子杨氏，甚是贤能。年过四十无子，杨氏替他娶一邻家之女张氏为妾。月余之后，张氏睡着了，觉得身上甚重，下边阴户里有个物放进来，张氏只道是武行之，凭他抽弄，蒙眬开眼，却是一个玉面狐狸。张氏大惊，举手一推，却把自己推醒。自此成了娠孕，到了十月时，将分娩，行之梦见李密特来拜访，云："欲借住十余年，幸好生抚视，后当相报。"醒了，却是一梦。恰好张氏生下一女。那张氏因产中犯了怯症，随即身亡。武行之夫妇，把这女儿万分爱护。到了七岁，就请先生教他读书。先生见他面貌端丽，叫作媚娘。及至十二三岁，越觉娇艳异常，便与同学读书的相通，十分绸缪。又过年余，是他运到，适唐俭到荆州点选秀女，就把媚娘点选入宫。太宗见了大喜，敕赐媚娘为才人。媚娘性格聪敏，凡诸音乐，一习便能，敢作敢为，并不知宫中忌惮。太宗行幸之时，好像与家中知己一般，才动手，就叫他搂他亲他媚他。太宗从没有经过这般光景，愈久愈觉魂消。因此，时刻也少他不得。

如今且说太子承乾，是长孙皇后所生，少有躄疾，喜声色及畋猎。魏王名泰，太子之弟，乃妃所生，多才能。见皇后已崩，潜有夺嫡之志，折节下士，以求声誉，密结朋党为腹心。太子知觉，正欲谋害魏王。时吏部尚书侯君集，怨望朝廷，见太子暗劣，欲乘衅图之，因劝太子谋反。太子从之，遂将金宝厚赂中郎将李安俨等，使为内应。不意被太宗闻知，便把太子承乾废为庶人，侯君集等俱罪与刑。又知魏王凶险，有夺嫡之谋，一时大怒，退入后宫。徐惠妃问道："陛下今日为何面带怒色？"太宗把太子与魏王之事说了一遍："如今不知当立何人为嗣？"武才人道："不肖者已废之，图谋者亦未妥，何不将此蛤蚌，尽付渔人之利。晋王亦皇后所生，立之未为不可。"徐惠妃道："晋王仁孝，立之为嗣可保无虞。"太宗闻言甚悦，即御太极殿，召群臣问曰："承乾悖逆，泰亦凶险，诸子谁可立者？"群臣奏曰："晋王仁孝，当为嗣。"太宗遂立晋王治为皇太子，时年十六。太宗谓群臣道："我若立泰，则是太子之位可经营而得。自今，太子失道，藩王窥伺者，皆两弃之。传诸子孙，永为世法。"晋王既立，极尽孝敬，上下相安。

却说西辽华于国迷王,一日升殿,文武朝罢,迷王谓众臣曰:"朕处辽西一隅小国,风霜寒冷,土薄财稀,不如中华大唐天子,坐居长安,地广人稠,财物殷阜。我欲兴兵前去夺取唐朝天下,抚有中外,吾愿足矣!"左丞相哈律曰:"长安兵多将众,不可轻视。陛下若欲进取,须当招军买马,积聚粮草,方可行师出征。"乃遣行兵都督胡文耶,出榜招军。

有辽东苏保童,原是高丽国王丞相盖苏文之子。因唐王征取辽东,杀了苏文,留下此子,曾在青云老子门下学得一身武艺,有九口飞刀,闻说西辽迷王招军,即来投入。迷王见他武艺高强,招为驸马。听说迷王要取长安,乃跪下奏曰:"陛下若欲夺取唐朝天下,臣虽不才,愿领兵为前部。"迷王闻奏大喜,即召丞相哈律曰:"兵马已足,可择日进发。"封苏保童为征唐大都督,张文为先锋,胡文耶为管兵总管。大兵六十万,往长安进发。乃先遣番兵赍战书一道,不分星夜,来到长安,驿中住下。次日早朝,太宗升殿,文武拜舞毕,有黄门跪下奏曰:"今有辽西番兵,捧着一道表章,叩奏天庭。"太宗闻奏,忙宣番兵上殿,番兵将战书呈上。太宗拆开观看,见上面写着:

辽西华于国迷王,致书于唐王世民。你为皇帝,多行不道,杀死同胞兄弟,败了天伦,何以正中国,统治万民?可将江山速献于我,免动刀兵。不然,大将临城,反悔不及。

太宗看了大怒。遂命武士将下书番兵囚入天牢,等待擒了迷王,一同处斩。武士领命,即将番兵押入天牢去了。太宗遂召军师徐勣商议曰:"辽西小丑,无礼忒甚,表章语言,甚是不恭,朕今意欲进兵征讨辽西,擒了迷王,捉住保童,方消吾恨。但未知吉凶之事何如,请军师判之。"徐勣曰:"臣昨夜仰观天象,见紫微星出现西方,我主福德正旺,若要行兵,万无一失。"太宗听说大喜,就问:"谁可为将?"徐勣曰:"文臣武将,不计其数,但欲文武双全,可为元帅者,还是平辽薛国公。"太宗准奏，就命徐勣赍圣旨到薛府，宣召仁贵拜为元帅，出征辽西。

徐勣领了圣旨，即日起程，离了长安。不数日，来到龙门县，报入薛府，说圣旨已到。仁贵忙整朝衣，安排香案，出门迎接圣旨，到堂上跪听宣读。皇帝诏曰：

> 朕观自古以来，夷狄最为中国之患。向日，辽东盖苏文，赖卿活捉剿除，烽烟灭息，国泰民安。今苏文之子苏保童投入辽西华于国。迷王见他武艺高强，招为驸马，统领番兵，前来犯我边疆。朕思将军勇略盖世，今遣军师徐勣前来，封卿为征西总督大元帅，前去剿除番寇。凯旋之日，再加封赐。旨意到日，即便起程，慰朕夙心，尚其钦哉！

开读已毕，接了圣旨，与军师相见，仁贵曰："今蒙圣旨要下官征西，只是下官难去。辽西不比辽东，烦军师大人回奏圣上，别选良将。下官年老力衰，难以领兵专权。"徐勣听了，心中暗想："他不出征，此事如何是好，不免将几句言语激他，看他如何。"乃言曰："将军果是力衰，下官不敢相逼。闻说苏保童，武艺高强，能敌千员大将，说中国只有薛仁贵，如今年老，怎当我年少勇猛，中国更无人可对敌。"仁贵怒曰："这贼敢如此欺吾，我年虽老，胸中精力尚然强壮，荡扫腥膻，有何难哉！谅一保童，有何介意。我即入朝挂印，前去征讨，不杀此贼誓不回兵。"徐勣大喜曰："足见将军赤心报国，候凯旋之日，功垂竹帛，名著禹彝，万世有光。"仁贵遂入内，谓夫人、小姐曰："适蒙圣旨，宣召征辽，明日就要起程。"夫人、小姐曰："荷蒙朝廷厚恩，封为国公，今国家有事，合宜前去征讨，以尽为臣之职，可即起程。"到了明日，夫妻子母，相别而行。未知后事如何，且听下回分解。

第三回

仁贵统兵征辽西　保童献计困大唐

却说仁贵同徐勣起程，行到长安，进入王城，直至金銮殿，拜见太宗。龙颜大悦，赐绣墩坐下。太宗谓仁贵曰："今辽西小丑，百般辱骂，要夺大唐天下。寡人甚愤，意欲亲征，誓杀此贼，扫荡妖魔，故特召将军为元帅。"仁贵曰："微臣情愿保驾，以报陛下。明日可发旨意，亲下教场，点起雄兵，前去征讨。"太宗即颁下旨意，大小三军，明早齐集教场听点。次日，太宗安排御驾，金鼓齐鸣，亲下教场，演军排阵。太宗坐下，文武朝拜，三军叩头。太宗即点一名，平辽国公薛仁贵，封为平辽大元帅，赐宝剑一口，先斩后奏。又点一名，驸马秦怀玉，封为开路左先锋。又点一名，都督段野林，封为开路右先锋。大小三军，俱各赏赐。总点大兵一百万，来日出征。太宗驾转回宫。次早登殿，命太子监国。宣上薛仁贵，赐了金牌一面。仁贵便传下令来，炮响三声，金鼓齐鸣。太宗登辇，刀戟森森，旌旗闪闪，一路浩浩荡荡，不数日，已到草桥地面，仁贵传令安营。

且说迷王打听唐兵已到草桥，迷王乃遣张奇把守草桥关隘。张奇领兵万余，前来抢夺。左先锋秦怀玉奏太宗曰："臣虽不才，愿取头关，以为我王安歇人马。"太宗喜曰："卿要多少人马？"怀玉曰："只消臣一人前去。"太宗听说,命近侍取御酒来,亲赐三杯,金花二枝。怀玉饮了御酒,带了金花,单枪匹马奔至辽西城下,大叫曰:"守关将卒,可速报张奇,早早献城受缚,免害生灵,若稍迟延,就将辽城踏为平地。"小将忙忙报与张奇,张奇即令先锋乌文雳,领兵出关迎敌。文雳得令,引兵下关,高声叫曰:"唐朝来将何人?"怀玉曰:"我乃唐王驸马,姓秦名怀玉。你是何人?"乌文雳曰:"吾乃先锋乌文雳也。我主欲夺取唐朝天下,总为一君,你尚敢来此搦战?"怀玉听言大怒,举枪直取文雳,文雳提刀架往。两下交战五十余回合,文雳抵敌不过,回马便走。怀玉勒马赶上,只一枪,刺于马下。大杀辽兵数百,提头回见太宗。太宗大喜,即令排宴,庆贺怀玉打关第一功。

再说辽兵败走,回报张奇,说先锋乌文雳被唐将秦怀玉刺死了。张奇听说即谓众将曰:"谁人出兵,与乌文雳报仇?"胡文耶曰:"小将愿往。"即引三千人马,杀至唐营。小卒报进,太宗君臣正在饮宴。右先锋段野林曰:"待臣去捉他。"乃披挂上马,来到阵前问曰:"来将何人?"文耶并不打话,抢枪直刺野林。野林大怒,举刀交战,不上数回合,被野林大喝一声,活捉过马,奔回营中。见了太宗。太宗大喜,即将文耶斩讫,又令摆宴庆赏段野林。只见辽兵又回报张奇,说唐将活捉胡文耶去了。张奇大惊,遂统辽兵一万,亲自出阵,高声叫曰:"唐王无道昏君,为何伤我二员大将?可速速出来交战,早定太平。吾乃辽王驾下大都督、把关首将张奇是也。"小军报入,太宗便问:"谁人去捉张奇?"薛仁贵奏曰:"要捉张奇,臣有一计,遂可以夺了草桥关隘。"太宗问曰:"计将安出?"仁贵走上太宗身边,附耳低言,如此如此。太宗大喜,即令三军,各处埋伏,依计而行。仁贵乃自披挂,头戴银盔,身穿银甲,腰系玉带,手执画戟,辞了太宗。太宗亲赐御酒三杯。仁贵饮了,跳上龙驹,竖起西方白虎神旗,奔到阵前,大叫曰:"来将何名?"张奇曰:"我是迷王驾下大都督张奇。你是何人？"仁贵曰："若说我姓名，曾在海东夺了辽城，活捉苏文，收复高丽，国王敕封平辽国公薛仁贵，你蛮夷个个闻名，将军为何不晓？"张奇曰："久闻将军大名，但在辽东，畏服将军，我辽西定然不服。"仁贵听了，举戟就刺张奇，张奇亦举枪架住。两下齐攻二十余回合，不分胜负。仁贵虚将画戟拖地而走，张奇不知是计，随后赶来。看赶至东边，忽一声炮响，秦怀玉领兵杀出，火箭齐发。张奇心知中计，忙往西走。又见西边一声炮响，段野林领兵杀出。三军各将铁弹子飞打，打死辽兵无数，张奇进退无计。仁贵催动人马，却把张奇困在中间。张奇前冲后突，不能得出。仁贵将张奇一鞭打死，众军一起拥过草桥关，夺了辽城。仁贵传令安民，迎接圣驾入城。文武官僚，都来朝贺。太宗宣上薛仁贵曰："今取辽西第一座城池，非卿之神机妙算，焉能一举成功。"仁贵曰："此乃陛下洪福，臣何力焉。"太宗就令排宴，赏赐群臣，犒劳三军。遂问仁贵曰："此去辽王驾下，还有多少道路？"仁贵即将地理图献上，又对太宗曰："此去还有半月。"太宗曰："辽王无道，兴兵犯界，若不捣其巢穴，终为后患。卿可传下号令，即日起程。"仁贵得旨，乃号令三军，一起进发，攻取辽城。军马行了半月，已到节天关隘。安下营寨，太宗就问仁贵："用何计攻城？"仁贵曰："待臣去看虚实，然后定计。"遂上马前行，不在话下。

却说辽王升殿，小卒报曰："今有大唐天子，领兵百万，杀至草桥关下，斩了都督张奇，先锋胡文耶、乌文虏，夺了辽西第一座城池，今驱兵大进，已至节天关下寨。"辽王闻报大惊。苏保童奏曰："臣有一计，可捉唐王。"辽王问："何计？"保童曰："我王将城内人民财物，俱搬到一城，臣领人马离城二十里之地安下。将红朱漆柜放下鸽子，安在殿上。等待唐王入城上殿，必定打开红柜，那时看见鸽子飞起，臣即领雄兵百万，困住唐王，叫他内无粮草，外无救兵，一鼓擒之，长安可取也。"辽王大喜，依计而行。

却说仁贵来到节天关口，仔细观看，只见空城一座，里面绝无动静，回见太宗奏曰："臣到关口，仔细遍观，却是空城，此必辽王暗下计策，哄陛下进城，意欲困我兵将也。"太宗曰："非也。他见我夺关斩将，势不可挡，乃心生畏惧，望风逃窜，卿何虑之过。"即急催兵马进城。仁贵又奏曰："陛下休要入城，倘若会兵四面围住，那时进退无路，可不误了大事。"太宗不听，竟到城内，坐于辽邦殿上。文武群臣，称贺已毕，太宗见殿上有一红柜，乃问群臣曰："此内何物，莫非金宝乎？可开一看。"仁贵忙奏曰："不可打开，内必有奸计。"太宗不信，令武士上前打开。只见里面都是带铃鸽子，一声响亮，群飞去了。太宗大惊曰："不听薛卿之言，却中番人之计。"正欲出城。保童见群鸽飞回辽营，急统兵百万，顷刻时，将节天关城四面围定。太宗闻报，魂不附体，谓仁贵曰："朕不听卿言，以致祸患临身，奈何？"仁贵曰："陛下勿忧，且当出兵，与他交战。"仁贵乃高声叫曰："谁敢出马交战？"秦怀玉曰："小将欲往。"遂挺枪上马，开门杀出。苏保童乃遣先锋雷廷赞出马，各不答话，交战三十余回合，雷廷赞被怀玉刺死落马。大杀辽兵百余，提了首级，回见太宗，太宗大喜。未知保童如何再战，且听下回分解。

第四回

苏保童刀伤仁贵　薛丁山箭敌保童

却说保童正在帐中，见败军来报，雷廷赞被杀，遂执刀上马，径到城下，高叫："薛仁贵，你可亲自出来，决一胜败。"段野林愿出对阵，即时上马，奔至阵前。保童曰："你是何人？"野林曰："吾乃唐王驾下右将军段野林也。"保童曰："你非我敌手，快回去叫仁贵出来对阵。"野林大怒，提刀砍去，保童举刀迎敌，战了五十余回合，不分胜负。保童乃念起咒语。片刻间，天昏地黑，抡起飞刀，野林急忙逃回，已中飞刀，伤其左臂，折了人马。太宗接着，两眼泪流，野林不逾日而死，太宗命殡敛已定。秦怀玉奏曰："小臣愿去捉了苏保童来祭献段将军。"即上马出城，大骂曰："辽贼苏保童快出来受死。"保童听说，奔出阵前，各通姓名，战了三十余回合，保童仍念咒语，丢起飞刀，怀玉看见，忙擎剑在手，一一对过。保童无法可施，乃言曰："秦将军，我与你休战，且比个手段，我打你三鞭，你打我三鞭。"怀玉曰："你先与我打。"保童曰："使得。"二人下马。怀玉就生一计，若三鞭打他不死，我命绝难保矣。将马带至身边，打了三鞭，即可逃生。保童乃伏于地，叫怀玉打起。怀玉举鞭尽力打了一下，保童全然不动，怀玉急忙看着马，又打了两鞭，即飞身上马逃了。及保童翻身看时，已去远了。保童上马赶来，幸得众将挡住，大杀一阵，救得怀玉入城。次日，保童又来搦战，叫曰："怀玉奸贼，可出来还我三鞭？"小卒报进，薛仁贵就辞太宗，开城出战。太宗亲上城观看。仁贵奔至阵前，叫苏保童曰："你父盖苏文，不守藩臣之分，侵犯中国，杀害生灵，被我捉获斩首，削平辽地。你当改父前愆，各守一隅，安享禄位，不亦可乎？为何妄生异志，侵犯中原，思夺唐朝天下？我想你父勇猛，尚不能肆志，你今乳臭小儿，又焉能成其事业，请自思之，向前纳命，免做刀下之鬼。"苏保童曰："为你杀我父亲，有不共戴天之仇，以故常思报复，故今日动此干戈。"仁贵曰："不须多言，眼见分明。"乃举戟直刺将去。保童亦舞大刀，直冲过来。二人大战一百余回合，不分胜负。保童暗思："仁贵雄勇，难以力胜，须用计取。"乃在马上念起咒语，一时云雾升腾。仁贵知他作法，忙取弓箭在手，只见飞刀果起，仁贵将刀一一射下。不意，保童有九口飞刀，仁贵只有神箭五支，一时不防，被保童暗起飞刀，正中仁贵肩膊，进肉寸许，负痛而逃。保童往后赶来，太宗在城上看见，忙取弓箭射去，正中保童左膀，方才退去。太宗亲自下城接着仁贵曰："险些失我爱卿矣。"仁贵曰："若非陛下，臣必死于辽奴之手。"言未毕，跌倒在地，血染白袍。太宗亲自扶起，命医调治。谓徐勣曰："如此危急，怎生奈何？"徐勣曰："臣昨起一数，不过一月，自有上将到此，捉获保童。依臣所见，陛下且传令坚闭城门，以俟救兵。"太宗从之不题。

却说云梦山中水帘洞，鬼谷老祖正在打禅坐定。忽西南方起一阵怪风过去，老祖遂晓其中之意，叫徒弟："丁山进前，听吾言语。你父亲薛仁贵与唐王困在辽西城内。今日交战，你父被飞刀所伤，正当危急。你今年一十六岁，正好兴兵前去，救取父亲。"看官，你道丁山为何在云梦山中？有个缘故。因前年仁贵出去投军之时，时丁山尚在母腹未生。过了十二年，时丁山十二岁，雄略过人，精于射箭。一日在白河村射雁，自夸善射，无人敢比。适仁贵封平辽公回来，听他言语，不知是他儿子，乃言曰："此子年少，何出此狂言。"遂下马，与之比试。不觉暗放一箭，直透咽喉而死。时鬼谷老祖在山中，见一阵怪风过去，忽悟言曰："吾昨日奉玉帝敕旨，叫我去救丁山性命。"遂驾起祥云，至白河村，化作一只猛虎跳出来，把丁山衔在口中，走回山中。将灵丹放入丁山口里，须臾便活。老祖对他说出缘由，丁山遂拜老祖为师父，学些武艺。

当日，丁山听见老祖说出救父的话，眼中不觉流泪，曰："自从师父救到山中，已经四载，感蒙师父教我六韬三略，呼风唤雨，上阵行兵之法，件件皆能，但未曾报得师父深恩。我今要往辽西，又无枪马，怎生去得？"老祖说："你去救父，自有披挂鞍马，不须烦恼。我今与你九支神箭，对辽人九口飞刀，雌雄宝剑二把、钢刀一把，俱藏身，临时应用。又与丈二神枪一条，拿在手中。早去辽城救了父亲，并唐王回国，不可延迟。"吩咐已毕，丁山就向老祖拜了四拜，辞老祖径自下山。行了一日，天色已晚。看看来到一庄，见一老者问曰："公公，小子行路已晚，敢借宿一宵，明早就行。"老者曰："此处歇不得，庄后有一妖怪要吃人，我们到晚都躲在瓦窑中歇了。"丁山曰："不妨事。"老者曰："我自去了，你被他吃，不干我事。"丁山就在此歇。到了半夜，一阵风过，那怪就扑出来。丁山大喝一声："休走！"向前挟住，那怪现出本相，乃是一匹马。见了主，即低头跪下。丁山就骑上此马，等待天明就行。未及一二里，前面又见一老人叫曰："那马是我的。"丁山曰："此系妖怪，被我降来作马，如何是你的。"老人曰："吾家昨日失了马，四下追寻不见，将军不信，现有鞍辔在此，你若要买，就卖与你。"丁山下马，问要多少价。老人曰："你且将鞍辔拴起来。有盔甲一副，一总卖给你。"丁山接过盔甲，全装披挂起来。正要问他，那老人忽然不见，只听见空中高叫："丁山听吾吩咐，吾乃太白金星，奉玉皇圣旨，将鞍辔、盔甲送你，可急去救取唐王并父亲，不可有违。"说罢，腾云而去。

丁山乃望空拜谢。心中自忖，须到家中见了母亲，方可前去，遂上马启行。到了自家门首，只见门房高大，上写"平辽薛府"。丁山跳下龙驹，走进帅府里面。看见母亲，丁山叫曰："母亲，孩儿今日回来了。"夫人看见丁山，吃了一惊，问曰："我儿，你死了，因何今日又在这里？"丁山曰："自从那日被箭射死，感蒙鬼谷祖师，化作一虎，前来救我，衔到山中救活，因此拜他为师，学些武艺。今日回来，探望母亲。"其母大喜。丁山又问："姐姐安在？"金莲小姐听说，忙出来见了兄弟。合家欢喜，设宴庆贺。

三人饮了数杯，丁山曰："鬼谷祖师说，唐王被困在辽城，我爹爹又被飞刀伤损，叫儿前去救取唐王并我父亲，明日就要启程。"金莲曰："你有何本事，敢去辽西征战？"丁山曰："姐姐不知，我在云梦山中，学得十八般武艺，又会腾云驾雾，呼风唤雨，无不精通。"金莲曰："你既有这本事，便可去得。但我亦要同兄弟前去救应爹爹，但师父有言，不敢妄行。"丁山曰："姐姐这话，从何说来。"金莲曰："我前日在后花园学习女工，忽见半空中，有一长眉大仙，驾祥云下来，叫曰：'金莲小姐，你可学些武艺，日后父亲有难，好去救他。'我答曰：'我是女子，怎么学得？'长眉大仙曰：'待我教你抡枪舞剑，弯弓搭箭，呼风唤雨，腾云驾雾，金木水火土五遁之法。'当时我学之，件件通彻。大仙临去，又与仙丹一粒，叫我吞入口中，下去自觉气力转生，精神加倍。他又说：'若要救你父亲，必须我再来吩咐，方可启行。'以此未敢同兄弟前去。"丁山曰："既然如此，我当作速启程。"次日，就辞母亲、姐姐，带领一万人马，往辽西进发。不数日，已到节天关外。正遇苏保童搦战，丁山大骂曰："辽奴为何暗发飞刀，伤我父亲，今日与你誓不干休。"保童曰："你是何人？"丁山曰："我乃薛仁贵之子薛丁山是也。我必与你拼个输赢。"保童曰："你父亲被我飞刀杀死，你这黄口小儿，敢来逞凶弄武。"两人遂交战起来。足足战了五十余回合，不分胜负。保童暗自喝彩："真是虎人生虎子，今日我若不杀此子，是虎生翼矣。"乃念起咒语，丢上飞刀。丁山看见，取出九支神箭射去，一一对过。保童乃收了飞刀，丁山也收神箭，又大战起来。未知胜负如何，再看下回分解。

第五回

薛仁贵辽西认子　陈金定计杀辽婆

当日，两将又令鸣锣擂鼓，大相征战，直杀得鬼哭神惊，天昏地惨。小卒慌忙报进城中，说有一年幼将军，领兵与保童征战，甚是威猛。太宗闻报，即与徐勣上城观看，见旗上写"平辽薛国公之子薛丁山"。太宗谓徐勣曰："旗上分明写'薛国公之子'，吾闻其子已死，此是何方将佐？"徐勣曰："须去问了薛公，便见分明。"太宗乃同徐勣下城，亲至仁贵床前问曰："刀伤可好些吗？"仁贵曰："刀伤虽略好些，尚未十分平复。"太宗亲为之敷药，不逾时，而刀口平复。太宗大喜，又问曰："卿有几子？"仁贵乃流泪曰："臣妻只生一子，取名丁山，年十二岁，也会射箭。臣征东回家之时，偶遇于白河村中射雁，他自夸己能。臣间别多年，一时父子不相识认，两下比试，不觉失手射死，臣嗣绝矣。"太宗曰："今城外有一少将，貌似将军，旗上写'平辽薛国公之子薛丁山'。卿同朕一看，便见分明。"仁贵就随太宗上城观看，果见旗上名字。仁贵曰："我子分明死了，如何又在这里，此实不敢信也，且看他交战何如。"仁贵看了，曰："真勇将矣，可速调兵接应。"丁山战到日晚，遂左手提枪，右手取出铁鞭挥去，正中保童背心，保童口吐鲜血，负痛而走。丁山催动人马，大杀辽兵。太宗忙传圣旨，迎接年少将军。丁山入城朝见太宗，太宗问曰："卿是何人？"丁山曰："臣是薛仁贵之子薛丁山。"太宗方知是实。忙召仁贵上殿，谓曰："果是卿儿子。"丁山一见父亲，乃拜伏在地。仁贵上前扶起，哭曰："吾儿，你缘何得了性命？"丁山将前事说了一遍，仁贵大喜。太宗曰："卿父子今日得相会，亦是朕有幸也。"遂命安排筵宴庆贺薛家父子不题。

却说苏保童被丁山打了一鞭逃回，自揣："丁山武艺高强，如何敌得他过，我有姑娘苏金定，神通广大，呼风唤雨，驾雾腾云，件件精通，须得他来，方可捉获此子。他今在二姑山中修行，不免请他来，多少是好。"次日，上马行到二姑山，见了姑娘，低头下拜。苏金定曰："侄儿今何到此？"保童曰："我与唐朝薛丁山，战了一日，未见胜负，后来被他打了一鞭，特来请姑娘到营中，乞助一阵。"金定曰："我已修行，岂有再行兵之理。"保童跪下，再三哀告曰："我父已被薛仁贵杀死，此仇尚且未报。今其子丁山，又将侄儿打了一鞭，姑娘乞念我父手足之情，助我一阵。"金定被他哀求不过，只得从他，遂拿了钢刀，上了马，同保童竟杀到城下，高声叫曰："乳臭小子，可出对阵。"小卒慌忙报进。丁山遂提枪上马，开门杀出，直取辽婆。战到五十余回合，辽婆念起咒语，丁山诵起真经，两下对过。辽婆终是女人，两腿酸麻，策马逃走，丁山随后追去。

金定走至黄昏，躲入庙去，见丁山赶近，扯满弓弦，暗射一箭，正中丁山左臂，回身关上庙门。丁山大叫道："贱人快来受死。"黑夜不见辽婆，亦自寻路走了。行了数十步，见一庄门，高声便叫借歇。陈公听得有人叫响，即来开门。丁山告曰："吾是大唐保驾将军薛仁贵之子薛丁山。今与辽婆大战一日，彼乃逃生走了，吾随后追赶，不想天色已晚，反被他射了一箭，不知去向，吾逃至此。望公公相救。"陈公忙扶入房中。陈公之女陈金定，看见便问："此何方将士？"陈公曰："此是唐王驾下将军，若救得此人，富贵不小。"陈金定见丁山，年纪幼小，人才出众，心内欢喜，忙整酒饭相待。悯其箭伤，亦向前相见。安置已定，各自歇息。

却说辽婆躲在庙中，等待天晓开门，看见满地都是血迹，暗想："夜间此子必中我箭，箭上有药，必然死矣，我且回去，报与侄儿。但昨日至今，腹中饥饿，不免走到前面庄内，讨些酒饭充饥，多少是好。"乃下马竟入里面。陈公见了，跪下曰："皇姑来此何干？"皇姑把前言说了一遍："特来与你借饭充饥。"陈公忙摆酒饭，款待辽婆。丁山不知，在里面大叫一声："好痛杀我。"辽婆便问："里面是谁大叫？"陈公佯言曰："是我儿子，被虎伤了左臂，因此大叫。"辽婆曰："我有箭疮药在此，拿去敷上即好。可叫他来见我。"陈公乃拿药到里面见丁山，将与辽婆应答的话述了一遍。丁山说声："多谢相救。"陈公遂将其药敷上，疮即不疼，顷刻平复。陈公说："辽婆又要你出去见他。"丁山曰："若还认得，此事将何理论？"两人正在商议，陈金定走来听见，向陈公曰："儿有一计，可救将军。"陈公曰："何计？"陈金定曰："爹爹出去见他，说感蒙妙药敷上，丁山之伤已平复，但一时起来不得，皇姑要见，须同进卧房里面一见。孩儿持刀一把，躲在门后，等他进来，一刀挥为两段。一则救了将军，二则除了此害，岂不是一举两得。"陈公曰："妙哉！妙哉！"此时陈金定暗想："丁山少年英雄，天下少有，若得此人结为夫妇，吾愿足矣。"故此悉心相救。

陈公依计，出见辽婆曰："皇姑要见儿子，伤疮虽好，一时尚起不得，请进卧房一见。"辽婆随着陈公走进房内，忽门后闪出陈金定，大喝一声，刀起头落，已挥为两段。丁山见了大喜，向前拜谢。陈金定挽住曰："不要拜谢。奴有一言，将军若不嫌奴家貌丑，愿与将军缔结姻亲。"陈公亦言曰："我女年方二八，容貌颇美，武艺高强，能敌千员大将，将军若肯招纳，同去救了唐王，多少是好。"丁山想他救命大恩，只得应允。陈公大喜，就叫安排结亲宴席。二人打扮整齐,行至堂上,先拜天地,家堂香火,后拜陈公夫妇,对拜已毕,三人入席。酒饮数巡席散,夫妻挽手,同入罗帐,偕结鸾凤。

次早起来,夫妇拜见陈公。丁山曰:"感蒙岳父深恩,本当奉侍左右,但唐王与父亲心内悬望,吾今要去,禀知岳丈。"陈公曰:"可带我女一起同去。"丁山听说,夫妇遂别陈公,一起上马。不移时,已到节天关,正遇苏保童统兵杀来。丁山大叫曰:"辽奴,你请姑娘来助战,如今已被吾杀死。你好好献上降书,免你一死。"保童听说大惊,又见有女将在旁,不敢回言,打马便走。关上小卒看见丁山回来,忙报知太宗,太宗就令开城接入。丁山夫妇入城,朝见太宗,太宗问曰:"此女何人?"丁山曰:"臣妻陈金定也。"就将前事备细奏明。太宗大喜,就封丁山为总督元帅,妻陈氏为一品夫人。夫妇叩头谢恩,太宗曰:"卿可同妻去见父亲。"丁山乃与金定来见仁贵。双双拜下,说出情由。仁贵大喜不题。

却说苏保童闻知姑娘被杀,心内大惊。忽想师父青云老祖,神通广大,请他到此,方能杀了薛家父子。遂上马来到青云山,进入洞中,拜见师父。老祖便问:"来此何干?"保童将交战事情说了一遍:"弟子特来请师父相助一力。"老祖曰:"我是出家人,不去杀人,你回去吧。"保童再三哀告,老祖不肯出来。保童乃心生一计,哄他一哄,说:"唐朝薛丁山是云梦山鬼谷祖师徒弟,与我对阵,骂师父不济,说我武艺不精,才略不通,师父徒虚名耳。以此弟子特来请师父出阵,不惟可杀丁山,抑且可显师父平生大略。"老祖听说,大怒曰:"鬼谷是我师兄,丁山是我师侄,他如何这等无礼,毁谤于我。徒弟,我今为你捉那薛家小子吧。"就同保童来到营中,统领三军,拥至城下,大叫:"丁山,可早出来受缚。"小卒连忙报进。太宗闻报乃曰:"那个将军出战?"陈金定进前曰:"贱妾不才,愿出一战。"太宗大喜。金定遂提刀上马,带领三千人马,开了城门,奔至阵前,指着老祖骂曰:"无端野道,你出家修行,为何又起恶心,在此搦战。"老祖曰:"你是何人?"金定曰:"我是薛丁山浑家陈金定也。"老祖曰:"量你是个女子,有何本事,快去叫你丈夫出来交战,不然叫你死在目前。"金定大怒,舞刀直取老祖,老祖举枪架开,二人大战三十余回合。老祖正欲念咒作法,忽丁山恐妻有失,单骑杀来,辽兵大败,各自收兵回营。

那青云败回营中,心生一计,乃谓保童曰:"明日你去与他交战,诈败而走,待我如此如此,他必被擒矣。"保童曰:"此计甚妙。"次日,领兵到城下搦战。丁山夫妇闻知,引军杀出。两下交战三十余回合,保童便走,丁山夫妇追至营前,青云从营左冲出,念起神咒,只见天昏地黑,丁山夫妇心中大慌,正欲回转,忽青云跳过马来,把金定活捉去了。丁山正要夺路而走,青云就丢起红绫大帕,将丁山裹住在内,拿进回营。揭起帕来,跌下丁山。保童曰:"你这小贼,我父被你父杀了,今日将你碎尸万段。"丁山骂曰:"辽奴要杀就杀,何必多言。"保童曰:"待拿那老贼来,一同祭献我父,那时杀你。"遂命左右,将他夫妇囚在一处。太宗闻报丁山夫妇被捉去了,魂不附体。仁贵哭曰:"我子拿去,唐王依靠何人,待吾来日亲自出征。"未知如何,且听下回分解。

第六回

金莲作法救丁山　青云领兵战金莲

却说金莲小姐，正在花园刺绣，忽见长眉大仙驾云而至，叫金莲曰："你兄弟叫青云老祖捉去，你可即日起程，前去救他，不可有违。"说罢就去。金莲听了，走到堂中，告母亲曰："丁山兄弟，今日陷在辽营，我要去救他。"夫人曰："你不出闺门，如何知得此事？"金莲曰："原日，长眉大仙与我仙丹吃了，晓得过去未来之事。叫我到十八岁，即可行兵救父。今日又亲临嘱咐，叫我起程。"夫人曰："既然如此，你须急去。"金莲辞了母亲，全装披挂，手执大刀，念起真言神咒，半空中驾起乌云，径至辽西城内落下。小卒慌忙报进。太宗闻说，即召至殿上，三呼已毕，太宗问曰："你是谁家女子？"金莲曰："妾是薛仁贵之女。今见兄弟丁山，困在辽营，特来救取，保圣驾、父亲回朝。"太宗大喜，急召仁贵上殿，谓曰："卿女在此。"仁贵看见，果是女儿。金莲见父亲，急忙拜下。仁贵扶起曰："我儿因何到此，从何学得武艺，又能腾云驾雾？"金莲将长眉大仙教诲之事，说了一遍，仁贵大喜。太宗命排宴庆贺不题。

且说保童告师父曰："今捉得丁山夫妇在此，我想若不速杀，恐有祸患，不如杀吧。"青云曰："正合吾意。"遂令将丁山夫妇绑到法场处斩。

却说金莲正与父亲饮酒，忽见一阵怪风过去，金莲大叫曰："爹爹，今日兄弟有难，辽人要将他夫妇杀了，儿要去救他。"遂念起真言，驾上云头，直到辽城法场坠下。作起法来，飞沙走石，天昏地黑，辽人大惊，四散奔走。金莲即将丁山夫妇提在云端，顷刻回来，见了太宗与父亲。太宗、仁贵见丁山夫妇亦同回来，不胜欢喜。群臣称贺曰："真女中之雄将也，平辽即在目下矣。"太宗即封金莲为总督征西正一品天仙神女。金莲叩头谢恩。

再说青云与保童正在营中议事。忽见小卒飞报，有一女将，半空坠落法场，将丁山夫妇救起，驾云而去。保童大惊曰："为何有此异人？"青云曰："此必是薛仁贵之女也，名唤金莲，乃长眉大仙徒弟。"保童曰："将何计捉之？"青云曰："来日待我出阵，看他武艺如何。"次日，青云统领辽兵，拥至城下，叫曰："金莲小贱人，可出来受死。"小卒报进。金莲即提刀上马，开了城门。太宗、仁贵上城观看。但见金莲奔到阵前，指着青云骂曰："你是五洞仙子，当遵守法戒，为何私自下山，反助逆寇，玉皇知道，贬你在阴山，万载不得翻身。"青云听了大怒，抡起双剑，直取金莲，金莲把刀架开。战了五十余回合，不分胜负。青云就念起真言，黑了天地，金莲便念起北斗真经，依旧云开日照。青云见被他破了，又念道德经，飞沙走石，乱打金莲，金莲便把道德经倒转念，飞沙无影，走石无形。青云心中愈恼，乃在马头上敲了三下，火光飞起三丈。金莲便念起上清宝经，火光即时消灭。青云骂曰："无端逆贱，这般无礼。"又念起神咒，狂风大雨，霎时倾注，金莲取出胡芦，将水收在里面，只有半瓶。青云见他破了，又举起双剑再战二十余回合。丁山夫妇杀出，青云抵敌不过，大败而回。杀死辽兵无数，金莲收兵回城。太宗、仁贵出接，大加慰劳。金莲曰："他是五洞仙子，难以收服。明日若再战，他必丢起红绫大帕，把贱妾拿去。贱妾晓得金、木、水、火、土五遁之法，凭他拿去，亦能遁回。但事终是无济。贱妾临行之时，师父曾有吩咐，叫我若有难，高叫三声，他自来救我。今御园中可焚起香来，待贱妾请师父，讨除此野道，方可捉得保童，平服辽西。"太宗就命安排香案于御园中。金莲走去拜了四拜，仰天叫三声师父，只见长眉大仙驾云而至。金莲告曰："今有青云老祖，不守仙戒，反助保童作乱，与徒弟交战一日，幸得师父教我法术，不至于败，但不能胜他。求师父相助一力。"大仙听了，乃骂曰："青云野道，为何私自下山，待我奏玉皇，拿了他去。"言毕，驾云而去，直至三天门下，表奏玉皇。玉皇准奏，遂差六丁神将，来拿青云。时青云在营中想，昨日与金莲交战不胜，又要引兵搦战。忽见空中神将叫曰："青云大仙，玉皇有旨，请你可即同行。"青云听说大惊，恼恨徒弟哄自己下山，以致犯罪天庭。只得随六丁神将来到玉皇驾下，玉皇敕旨说："青云不守法戒，私自下山，杀害生灵，罪恶甚大，发在阴山，幽置枯井，万载不许翻身。"金莲得知青云拿去，乃奏太宗曰："我师父奏上玉皇，青云已被拿去了，速议进征。"太宗大喜，望空拜谢。遂谓仁贵曰："青云已去，声势已去，卿可出兵，早定辽邦。"仁贵即传下令："着秦怀玉领兵从南门杀出，丁山领兵从北门杀出，陈金定领兵从东门杀出，金莲领兵从西门杀出，四下攻击，苏贼可擒矣。"分拨已定，一声炮响，各人上马，一拥而出。未知如何，再看下回分解。

第七回

仁贵保驾回长安　媚娘披缁入尼寺

却说保童见师父去了，心下大惊。忽见小卒来报，唐兵四门杀出。保童暗忖，不能抵敌，急引人马，往营后逃走。金莲早已得知，乃驾起云端，急忙赶上，将保童捉住，辽兵被杀不计其数。金莲捉了保童，解见爹爹，仁贵大喜，就令金莲去取辽城。金莲统军将辽城围定，迷王大惊，率群臣开城投降。金莲遂带迷王来见爹爹。仁贵曰："辽王已归顺，可回城见主。"遂引军来见太宗。太宗下阶，迎接仁贵父子上殿，慰劳一番。遂命押过保童，太宗曰："为你这贼，杀害多少生灵，虽碎尸万段，不足以偿也。可押去斩首。"左右遂牵出斩首。迷王跪下，太宗曰："朕居中国，你处外夷，为何妄生越志，要夺中国？"迷王曰："臣该万死，乞陛下赦宥，愿世世称臣，再不敢侵犯。"太宗曰："朕今日姑饶你，以后若再不贡，将你辽城荡洗一空。"迷王叩头谢恩。次日，献上金宝、马匹，太宗收了，遣使归国。遂宴赐群臣，犒赏三军。随出旨意班师回朝。明日，仁贵统领三军，保驾启行。不过旬月，到了长安。文武百官迎接太宗入城升殿。群臣称贺毕，太宗就以王爵加封仁贵父子，其余众将俱各加封。自此天下太平，人民上下相安。

却说武媚娘，自从入宫以来，狐媚惑主，弄得太宗神魂飞荡，常饵金石。时太白星屡屡昼见，太史令占道："女主昌。"民间又传《秘记》云："唐三世之后，女主武王代有天下。"太宗闻言，深恶之。

一日，会诸武臣，宴于宫中，行酒令使言小名。左武卫将军李君羡，自言小名五娘，其官称、封邑，皆有"武"字。太宗心疑，出为华州刺史。御史复奏君羡谋不轨，遂坐诛。因密问李淳风："《秘记》所云，信有之乎？"淳风道："臣仰稽天象，俯察历数，其人已在陛下宫中。自今不过三十年，当有天下，杀唐子孙殆尽。其兆既成。"太宗道："疑似者尽杀之何如？"淳风道："天之所命，人不能违；王者不死，徒多杀无辜。况自今已往三十年，其人已老，或者颇有慈心，为祸或浅。今若得而杀之，天或更生壮者，肆其怨毒，恐陛下子孙无遗类矣！"太宗听言乃止。心中虽晓得才人姓武有碍，但见媚娘性格柔顺，随你胸中不耐烦，见了他就回嗔作喜，顷刻不忍分手。因此虽不放在心上，亦且再处。日复一日，太宗因色欲太深，害病起来。那太子晋王，朝夕入侍，瞥见武才人颜色，不胜骇异道："怪不得我父皇生这场病，原来有这个尤物在身边，夜间怎能个安静。"意欲私之，未得其便，彼此以目送情而已。

一日，晋王在宫中，武才人取金盆盛水，捧进晋王盥手。晋王看他脸儿妖艳，便将水洒其面，戏吟道：

乍忆巫山梦里魂，阳台路隔恨无门。

武才人接口吟道：

未承锦帐风云会，先沐金盆雨露恩。

晋王听了大喜，便携武才人的手，竟往宫后小轩僻处。武才人道："陛下闻知，取罪不小。"晋王道："我今与你，也是天缘，何人得知。"武才人扯住晋王御衣泣道："妾虽微贱，久侍至尊，今日欲全殿下之情，遂犯私通之律，倘异日嗣登九五，置妾于何地？"晋王见说，便矢誓道："倘宫车异日晏驾，册汝为后，有违誓言，天厌绝之。"武才人叩谢道："虽如此说，只是廷臣物议不好，倘皇爷要加害妾身，何计可施？"晋王想了一想道："有了，倘父皇着紧问你，你须如此如此，自可免祸，又可静以待我。"武才人点首，晋王乃解九龙羊脂玉钩赠武才人，武才人收了，随即别出。

时京中开试，尚未放榜。太宗病间召李淳风问道："今岁开科取士，不知状元系何处人，什么姓名？"淳风道："圣天子洪福不浅，今科三鼎甲，乃皆忠直之士，大有裨于社稷，姓名虽知，不便说出，恐泄漏于臣，上帝震怒不浅。乞陛下赐臣于密室写其姓名籍贯，封固盒中，俟揭榜后开看便知。"太宗叫太监取一个小盒，淳风写了，封在盒内。太宗又加上一封，藏于匮中。到了开榜时，太宗取匮中淳风写的一封，却是：状元狄仁杰，并州太原人；榜眼骆宾王，婺州义乌人；探花李日知，郑州荥阳人。不胜骇异，始信淳风所言非诳，谶数之言必准。因思："今已大病如此，何苦留此余孽，为祸后人。"便对武才人道："外廷物议，说你姓武，应图谶你将何以自处？"武才人跪下泣道："妾事皇上有年，未尝有过。今皇上无故置妾于死，使妾含恨九泉，何以瞑目。望皇上以好生为心，使妾披剃入空门，长斋拜佛，以祝圣躬，以修来世，垂恩不朽。"说罢大恸。太宗心上原不想杀他，今见他肯削发为尼，不胜大喜道："你肯为尼，亦是万幸的事，宫中所有，快即收拾回家，见父母一面，随即来京，赐于感业寺削发为尼。"武才人谢恩，领亲随宫娥小喜出宫。

武士彟闻知媚娘要出宫这个消息，即差人迎接。不多几日，接到家中，与杨氏母亲见了，大家痛哭一场。哭毕，媚娘与家人各个拜见。媚娘道："闻得父亲过继个三思侄儿，怎么不见？"杨氏道："今日是朋友招他去会文。"媚娘道："我忘记今年几岁了？"杨氏道："今年十五岁了，庞儿却好，但不知他胸中所学何如？"不多时三思吃得半醉回来。杨氏道："三思，你姑娘回来了，快来拜见。"媚娘抬头一看，见三思生得唇红齿白，目秀眉清，即叫小喜上前与三思见了礼。三思道："姑娘在宫中受用得紧，为什么朝廷轻信那廷臣之议，把姑娘退出宫来，却叫去削发为尼，这皇帝也算无情。"媚娘闻言，不觉泪下。少顷，大家吃了夜饭。三思见杨氏与小喜走开，即近媚娘身边带醉笑道："姑娘你好股青丝细发，日后怎舍得剃下来。"媚娘见三思年纪虽小，庞儿俊俏，一把搂在怀里。三思道："姑娘睡在那里？"媚娘道："就在母亲房内。"三思道："我有许多话要问姑娘，我今夜陪姑娘睡了吧。"媚娘道："有话待我母亲睡着了，你进房来说。"三思道："如此，切记不要闩了门。"媚娘点头。那夜三思伺父母睡着，悄悄挨进媚娘房中，成了鹣鹣之乱。过几日，武士彟恐怕弄出事来，只得打发媚娘、小喜出门，大家洒泪而别。在路行了几日，到了感业寺。那庵主法号长明，出来迎接媚娘、小喜进去。见媚娘千娇百媚，又见小喜丰姿绰约，皆不是安静的人，如何出得家。领到佛堂，四个徒弟动了响器，长明叫媚娘参了佛，便与他剃了发，小喜也改了打扮，各人下来见礼。未知后事如何，且听下回分解。

第八回

冯小宝行淫禅寺　武媚娘蓄发还宫

却说媚娘与众位尼姑行礼毕。长明道:"这四个俱是小徒。"又指着怀清道:"这位是去岁冬底来的。"就领媚娘进去说道:"这两间是夫人、喜姐的住房,间壁就是怀清的卧室。"媚娘听了,安心住下。

到了黄昏,只见小喜笑嘻嘻地走进来,对媚娘说道:"夫人,那怀清师父你道是什么人?原来是隋炀帝李夫人的妹子。我方才到他房中问他出处,他说:'因炀帝国亡,与秦、狄、夏、李四夫人逃出,在濮州女贞庵为尼,不料连岁饥荒,又染了疫症,四位夫人相继病亡。我同一个士子入京,行到中途,士子被盗杀了,我却跳在水中,被商船救起,带至京都,送在此地暂寓。'"媚娘道:"他们可有人来往吗?"小喜道:"他说有个姓冯的表弟住在蓝桥门张药铺,常来走走。"媚娘点点头儿。

一日,媚娘在佛堂看怀清写疏,听得外边叩门。恰好长明长老不在寺中,领徒众到人家念经去了。怀清出来问道:"是谁?"那人道:"阿姊,是我。"怀清知道是冯小宝,忙开了门。小宝道:"闻得你寺中有朝廷送一个武夫人在此出家,如今可在否?"怀清道:"正在堂中看我写疏,我引你去见他。"那小宝就随怀清进来,见媚娘倚在桌上看文疏。怀清道："五师父，我家兄弟在这里拜见。"小宝行个礼。媚娘转身，看见小宝生得身躯清秀，态度幽娴，忙忙答礼。恰好小喜走进来，小宝见了，也与他揖过。小喜问道："此位是谁？"怀清道："就是前日说的冯家表弟。"小喜道："原来就是令弟，失敬了。"说罢，怀清同小宝走到自己房中。只见小宝取一幅花笺，写一绝道：

> 天赋痴情岂偶然，相逢已自各相怜。
> 笑予好似花间蝶，才被红迷紫又牵。

怀清笑道："妾亦有一绝赠君。"提笔写在后面道：

> 一睹芳容即耿然，风流雅度信翩翩。
> 想君命犯桃花煞，不独郎怜妾也怜。

写完，怀清就与小宝在房中吃酒玩耍。媚娘在房想了一会儿，随同小喜走到怀清房门首，悄悄立着。只听得外边敲门声响，晓得老师父领众回来，媚娘便走进房，小喜出去开门，那怀清亦出来。只见长明领众徒弟、婆子背着经幟，怀清上前与几个说些闲话。小喜恐媚娘冷静，即便自归房去了。不多时，见怀清进来说道："武上师，你同六师父到我房中去谈谈。"媚娘道："你有令弟在那里，我怎好去。"怀清道："自古说，四海之内皆兄弟，何况你我。"媚娘道："既如此说，何不同到我房里来坐坐，我泡好茶相候。"怀清道："我同六师父去挽他来。"携了小喜出房。不一时，先把酒肴送到，然后怀清与小喜、小宝走进来。媚娘道："四师父，我在这里没有破钞，怎好相扰。"怀清道："几个小菜，叫人笑死。"便将高烛放在中间，叫小宝朝南坐了，自同媚娘对席，叫小喜也坐在横头。大家满斟细酌，狎邪嘲笑。是夜四人同寝不题。

贞观二十三年五月，太宗疾甚，召长孙无忌、李勣、褚遂良等至榻前说道："朕与卿等，扫除群丑，四方宁静，正欲与卿等共享太平，不意二竖忽侵。魏征、李靖、房玄龄先我而去。今将分手，别无他嘱，太子躬行仁俭，可谓佳儿佳妇，卿等共辅助之，勿负朕意。"言讫而崩。众臣扶太子即位，是为高宗，颁诏天下，以明年为永徽元年。

时武氏在寺闻之，亦为之恸泣。后因太宗忌日，高宗诣感业寺行香。恰值冯小宝在庵，回避不及。长明无奈，只得把小宝落了发。高宗问及，长明说是侄儿："在土地堂出家，才来看我。"高宗道："白马寺中，田地甚多，僧众甚少，朕给度牒一纸与他，限明日即往白马寺驻扎。"武氏见了高宗，大恸。高宗亦为之泣下，悄悄吩咐长明："叫武氏束发，朕不久差人来取。"嘱咐了，起身回宫。媚娘回到房中，愁见于面。怀清走进房来说道："方才皇爷特嘱夫人蓄发，要取你回宫，莫大之喜，为何夫人双眉反蹙起来？"媚娘道："我想冯郎，被我二人弄得他削发为僧，叫我与你作何计筹之。"怀清道："且看他来有何话说。"只见冯小宝进房来问道："你们为什么闷闷地坐在此？"小喜道："武夫人与四师父在这里愁你。"小宝道："你们好不痴呀，我上无父母，下无兄弟妻室，又不想上进，只想在温柔乡里过日，今日逢着夫人，难得怀清姐姐分爱，得沾玉体，又兼喜姑娘陪衬，这种恩情，不要说为你三人剃了长发，就死已不足惜。"怀清道："只是出家，难得妇人睡在身边，生男育女。"小宝道："姐姐你不知，那有窍的妇人，巴不能弄着个有本事的和尚，整日整夜搂住不放出来。"媚娘道："若如此，你将来有了好处不想我们的了。"小宝道："是何言欤！若要如夫人这般姿色，世间罕有，即如二位之尚义情痴亦所难得。但只求夫人进宫撺掇朝廷，赏我一个白马寺主，我就得扬眉了。"媚娘道："这事不难，只要你心中有我们就够了。"小宝跪下发誓道："苍天在上，若是我冯怀义日后忘了武夫人与怀清、小喜的恩情，天诛地灭。"三人闻言，各个欢喜。只见长明执着一壶酒，老婆子捧了夜膳，摆在桌上。长明道："冯师父，我备一杯酒与你送行，你不可忘了我。今日在天子面前，我认你是个侄儿，所以无事。你今晚快些吃杯酒儿睡了，明日好到白马寺里去。我这老人家年纪有了，不能奉陪。"说罢出房去。冯小宝与媚娘等三人，你贪我爱，我说你泣，弄了一夜。到五更时，听见钟声响动，只得起身，大家下泪送别。怀义出庵不题。

再说高宗，过了几月，即差官选纳媚娘、小喜进宫，拜媚娘为昭仪。亦是武昭仪时来运至，恰好来年就生一子，年余又生一女，高宗宠幸益甚。王皇后、萧淑妃恩眷已衰。会昭仪生女，后怜而弄之。后出，昭仪潜扼杀之。上至昭仪宫，昭仪阳为欢笑，发被观之，女已死矣。惊啼问左右，左右皆言皇后适来此。高宗大怒道："后杀吾女！"昭仪因泣数其罪，后无以自明，由是有废立之意。一日，高宗召长孙无忌、李勣、褚遂良、于志宁于内殿。勣知上意，称疾不入。无忌等至内殿，高宗道："皇后无子，武昭仪有子，今欲立为后何如？"未知诸臣如何回答，且看下文分解。

第九回

昌宗受荐幸太后　怀义建节抚硕贞

　　当时，褚遂良听了立后之言，进前奏曰："先帝临崩，执陛下手，谓臣道：'太子佳儿佳妇，今以付卿。'此陛下所闻，言犹在耳。皇后不闻有过，岂可轻废。"上不悦而罢。明日，又言之。遂良道："陛下必欲易皇后，伏请择天下令族，何必武氏？况武氏经事先帝，众所共知，万世之后，谓陛下为何如！"因置笏于殿阶，免冠叩首流血。高宗大怒，命宫人引出。过了数日，中书舍人李义府叩阙表请立武氏为后，许敬宗从旁赞道："田舍翁多收十斛麦，尚欲易妇，况天子乎！"帝意遂决，废王皇后、萧淑妃为庶人，册立武氏为皇后，贬褚遂良为爱州刺史，寻卒。自此，武后僭乱朝政，出入无忌，每与高宗同御殿阁听政，中外谓之二圣。高宗被色昏迷，心反畏惧武后。武后即差人封怀义为白马寺主，又令人司迎请母亲来京，封父武士彟司徒，赐爵周国公；封母杨氏为荣国夫人；武三思等俱令面君，亲赐官爵，置居京师。因恨王皇后、萧淑妃，令人断其手足，投于酒瓮中，道："二贱奴在昔，骂我至辱，今待他骨醉数日，我方气休。"自此日夜荒淫。武后怀着那点祸心，要高宗早死，便百般献媚，弄得高宗双目枯眩，不能览本，百官奏章，俱令武后裁决，遂加徽号曰天后。自此，天后在宫中淫乱，见高宗病入膏肓，欢喜不胜。一日，高宗苦头重不堪举动，召太医秦鸣鹤诊之。鸣鹤请刺头出血可愈。天后不欲高宗疾愈，怒道："此可斩也，乃欲于天子头刺血。"高宗道："但刺之，未必不佳。"乃刺二穴出少血。高宗道："吾目似明矣！"天后举手加额道："天赐也！"自付彩缎百匹，以赐鸣鹤。鸣鹤叩头辞出，戒帝静养。天后好像极爱惜他，时时伴着，依依不舍。岂知高宗病到这个时候，不肯依着太医去调理，却还要与天后亲热。火升起来，旋即驾崩，在位三十四年。天后召大臣裴炎等于朝堂册立太子显为皇帝，更名哲，号曰中宗，立妃韦氏为皇后，诏以明年为嗣圣元年，尊天后为皇太后，擢后父韦玄贞为豫州刺史，政事咸取决于太后。一日，韦后在宫中理琴，只见太后一个近侍宫人名唤上官婉儿的走来。这上官婉儿相貌娇艳，颇通文墨，偶来宫中闲耍。韦后见了便问道："太后在何处，你却走到这里来？"婉儿道："在宫中细酌，我不能进去，故步至此。"韦后道："岂非冯、武二人耶？"婉儿点头。韦后道："三思尤可，那秃驴何所取焉！"话未毕，只见中宗气愤愤地走进宫来，婉儿即便出去。韦后道："陛下为何不悦？"中宗道："刚才御殿，见有一侍中缺出，朕欲以与汝父，裴炎固争以为不可。朕气起来，说道：'我欲以天下与韦玄贞何不可，而惜侍中耶！'众臣默然。"韦后道："这事也没要紧，不与他做也罢了。只是太后如此淫乱奈何？听说今日又在宫中吃酒玩耍。"中宗道："母要如此，叫我也没奈何。"韦后道："你倒有这等度量！只是事父母几谏，宁可悄悄地劝他一番。"中宗道："不难，我明日进宫去与他说。"到了明日，中宗朝罢，早有官监将中宗要韦玄贞为侍中，并欲与天下，与太后说了，太后大怒。不期中宗走进宫来，令侍婢退后，悄悄奏道："母后恣情，不过一时之乐，恐万代青史中不能为母后隐耳，望母后早察。"太后正在含怒之际，又闻此言，一时大恼道："你自干你的事罢了，怎么谤毁起母亲来。怪不得你要将天下送与国丈，此子何足与事。"遂废中宗为卢陵王，迁于房州。立豫王旦为帝，号曰睿宗，居于别殿，政事咸决于太后，睿宗不得与闻。太后又迁中宗于均州，益无忌惮。又知宗室、大臣怨恨，欲尽杀之。盛开告密之门，有告密称旨者，不次除官。用索元礼、来俊臣、周兴共撰《罗织经》一卷，教其徒网罗无辜。中宗在均州闻之，心中惴惴不安，幸有韦后委曲护持。中宗道："他日若复帝位，任汝所欲，不汝制也。"

且说洛阳有张易之、张昌宗兄弟二人来京应试，寓在武三思左近。恰好三思与怀义不睦，要夺他宠爱，遂荐昌宗昆弟于太后不题。

却说怀清在感业寺，适有睦州客人陈仙客，相貌魁伟，性好邪术，怀清与之相通，竟蓄了发，跟他到睦州。那寺侧毛皮匠，也跟去做了老家人。时睦州地里忽裂出一个池来，中间露出一条石桥，桥上刻着"怀仙"两字。人到池边照影，一生好歹，都照出来。因此怀清夫妻也去照照，见池中现出天子、皇后的打扮，怀情大喜，对仙客道："桥上'怀仙'二字，合着你我之名，又照见如此模样。武媚娘可以做皇帝，难道我们偏做不得。"遂与仙客开起一个崇义堂，只忌牛犬，又不吃斋，所以人都来皈依信服。不上一两年，竟有数千余人。怀清自立一号，曰硕贞。选精壮俊俏后生，皆教他法术，俱能呼风唤雨。不期被县尹晓得了，要差兵来捕他。那些徒弟忙报知仙客、硕贞。硕贞见说，领了徒弟拥进县门，把县尹杀了，据了城池，竖起黄旗，自称文佳皇帝，仙客称崇文王，远近州县，望风纳款。扬州刺史忙申文报知朝廷。时太后正与怀义宴饮，见了奏章，微笑道："天下只道唯我在女子中有志，不意又有此女擅自称帝。"怀义道："前日有两个女尼对臣说，睦州文佳皇帝陈硕贞，凶勇无比，原就是感业寺怀清，未知确否。"正说时，只见象州刺史薛仁贵申文，请发兵讨陈硕贞。文中说，陈硕贞就是感业寺女尼怀清，曾遇异人，得了天书、符箓，凶锋难犯，或抚或剿，恩威悉听上裁。太后笑对怀义道："原来陈硕贞果是令姊。我今烦你去招安他，他必然归顺。"怀义道："臣无官职，怎能去招他？"太后就传旨封怀义为右背将军，星夜往睦州招抚陈硕贞，拨三千御林军随行，怀义辞朝而去。太后又令象州刺史薛仁贵接应。仁贵得了旨意，发兵进剿。原来硕贞夫妻近日不睦，仙客嫌妻拥着精壮徒弟不与他管；硕贞亦嫌其抢掠娇娃，随处宣淫，因此大家分路。仁贵将到淮上，早有细作来报道："崇义王陈仙客，带二千人马，离此地三十里扎寨。"薛仁贵即便驻扎，将兵马分作三路："到半夜，如此如此。"众将得令，到了晚间，分兵而进。行至半夜。将近敌寨，一声炮响，三路兵马一起杀入。那些贼兵各无准备，东西乱窜。陈仙客正在帐中安寝，忽听得喊杀，连忙爬起，被仁贵赶到，一枪刺死，枭了首级，余军投降。

却说怀义领三千御林军起行，先差四个徒弟，扮做游方僧，前去打探怀清消息。过了几日，只见四个徒弟领一个老人家来见怀义。怀义认得是皮匠毛二，因问道："你为何在此？"毛二道："小的贫穷，不时蒙怀清师父周济。因前年师父被仙客拐往睦州蓄了发，做了夫妇，小的也只得随他来。"怀义道："他们有什么本事，哄骗得这些人动？"毛二道："那陈仙客喜的是咒诅邪术，不想我师父聪明，把这些书符秘诀练习精熟，着实效验，故此远近男女知道，都来降伏皈依。不想昨夜我主儿陈仙客在寨中熟睡，被薛仁贵杀进寨来，一枪刺死。小的正要去报知师父，不料被老爷四个徒弟哄骗到此。"怀义道："你可晓得你师父文佳皇帝与我是亲戚？"毛二道："小的怎么不晓得。"怀义道："我今奉朝廷旨意来招安你师父，你今快去报知陈仙客死信，并传我之意，我随后就到。"遂取一件东西付与四个徒弟，教他们言语，同毛二一起起身。行了几日，到了沛县。毛二先入城见了硕贞，跪下哭泣，把崇义王被薛仁贵杀死情由说了一遍。硕贞闻言大哭。毛二道："皇爷且莫哭，有一佳事在此。"又把怀义招安事情说一遍："如今他差四个徒弟在外。"硕贞道："唤他们进来。"毛二出去不多时，领着四个徒弟来见硕贞。四人跪下叩头道："家爷拜上娘娘，说有一件东西，奉与娘娘。"就在袖中取出呈上。硕贞接来一看，却是自己的玉如意，前日赠与怀义的，见了不觉泪下道："我只道与表弟不得见面，谁知今日在这里相逢。"四个徒弟道："明早家爷就到。"到了次早，听得三声轰天大炮，早有飞马来报道："敌兵来了！"硕贞道："这是我家师爷，说甚敌兵。"遂令放三声大炮，开了寨门。硕贞选三四十人跟随，跨上马来接圣旨。怀义叫三千御林军扎住，自同三四十个徒弟，背了御旨，直到硕贞寨中。硕贞命摆下香案，接了圣旨，两个相见。未知如何，且看下回分解。

第十回

安金藏剖腹鸣冤　骆宾王草檄讨罪

却说怀义与硕贞相见，拥抱大哭，各诉衷情。怀义道："贤姊既已受安，部下兵马如何处置？"硕贞道："我既归降，自当同你到京面圣。兵马且屯扎睦州再处。"怀义道："如此绝妙。"硕贞传众军头目说了，军马只暂住睦州候旨，只带三四十亲随，同怀义入京。行了两日，遇见薛仁贵兵马，怀义把招安事体与他说了。仁贵闻言，引兵回象州去，具疏奏闻。怀义同硕贞行到京中，怀义先入宫报知太后。太后差官迎接硕贞进宫。太后一见，悲喜交集，大家细把别后事情说了，留在宫中住了两三日，赠了金银缎匹，买一所民房居住，敕赐硕贞为归义王，与太后为宾客，怀义赐爵鄂国公，时时入宫与太后追欢取乐。

倏忽间又是秋末冬初。太平公主乃太后之爱女，貌美而艳，素性轻佻，胡作敢为。先适薛绍，不上两三年，把他弄死。归到宫中，又思东寻西，不耐安静。太后恐怕拉了他心上人去，便将他改适大夫武攸暨。是日，太后在御园，见草木黄落，苑中无色。谓近侍道："明日武攸暨必来谢亲，赐宴苑中，如何使万花齐放，以彰瑞庆。"近侍道："如今是秋末冬初的天气，那得百花齐放。"太后想了半晌，即宣归义王陈硕贞入朝,叫他用些法术,把苑中花木一尽开花,以显瑞兆。硕贞道:"若是陛下要一二种花,臣或可向花神借用;若要万花齐发,这是关系天公主持,须得陛下诏旨一道,侍臣移檄花神转奏天庭,自然应命。"太后即写一诏道:

　　明朝游上苑,火速报春知。
　　花须连夜发,莫待晓风吹。

太后写完,将诏付硕贞。硕贞又写一道檄文,别了太后到苑中施符作法,焚与花神不题。太后又传旨,着光禄寺正卿苏良嗣进苑整治筵席。到了次日,天气融和,万卉敷荣,群枝吐艳。苏良嗣先到苑中畅华堂检点筵席。不多时,御史狄仁杰领各官进来,见了这些花朵,不胜浩叹道:"奇哉!天心如此,人意何为。"内史安金藏道:"不知万卉中可有不开的?"众臣各处闲看,唯有槿树杳无萌芽,不觉赞叹道:"妙哉槿树,真可谓持正不阿者矣!"正说间,只见驸马武攸暨进宫朝见,到畅华堂来领宴。又见许多宫女拥着太后进来,叫大臣不必朝参。排班坐定,太后道:"草木凋枯,毫无意兴,故朕昨宵特敕一旨,向花神借春,不意今早万花尽放,足见我朝太平景象。此刻饮酒,须要尽兴。"又吩咐内侍:"去看万卉中,可有违诏不开的?"左右道:"万花俱放,只有槿树不开。"太后命左右剪除枝干,谪在篱边作障,不许复植苑中。那武三思辈,无不谀词赞美。独有狄仁杰等俱道:"春荣秋落,天道之常。今众花特发,是冬行春令。陛下还宜修省。"酒过三巡,众臣辞退,太后也命驾回宫。三思见太后不邀他入宫,心中疑惑。即走到翠碧轩,看见上官婉儿,独自倚栏呆想。三思近前道:"婉姐,你想什么?敢是想我吗?"婉儿撇转头来,见是三思,笑道:"我不是想你,是想,有一个心上人想你。"三思道:"是那个?"婉儿就把韦后的话对他说了:"我常在他面前赞你如何风流,又说你同太后在宫如何举动,他便长叹一声,好似痴呆的模样道:'怪不得太后爱他。'这不是他想你吗?可惜如今同圣上在房州,他若得回来,我引你去,岂不胜过上官吗。"三思道:"韦后既有如此美情,我当在太后面前竭力周全,召还卢陵王。我再问你,今日谁在宫中与太后玩耍?"婉儿道:"是怀僧。"说罢,两人分手而别。时索元礼、周兴、来俊臣辈同在畅华堂与宴,见狄仁杰诸正人直臣,意气矜骄,殊不为礼,心中怀恨。适虢州杨初成,矫制募人迎帝于房州,太后敕旨捕之。索元礼等就密上一表,说狄仁杰、苏良嗣、安金藏等与卢陵王同谋造反。太后览表大怒。然知狄仁杰乃忠直之臣,用笔抹去,余人谕索元礼勘问。元礼临审酷烈,把苏良嗣一夹,要他招认谋反。良嗣喊道:"天地祖宗在上,如皇嗣稍有异心,臣等甘愿灭族。"又把安金藏要夹起来。金藏道:"为子当孝,为臣当忠,欲叫臣去陷君,臣不为也。今既不信金藏之言,请剖心以明皇嗣不反。"即引佩刀自剖其胸,五脏皆出,血涌法堂。李日知见了,忙叫左右夺住佩刀,奏闻太后。太后即传旨着元礼停推,叫太医看视安金藏。此事远近传闻。眉州刺史英公李敬业乃李勣之孙,同弟敬猷行至扬州。时唐之奇、骆宾王因坐事贬谪,亦到扬州与敬业相会。忽闻京报说安金藏之事,敬业不胜骇怒道:"可惜先帝数年鏖战,始得太平,不期今日被一妇人,把他子孙翦灭殆尽。举朝公卿何同木偶也!"骆宾王道:"这节事,令祖先生若在,或者可以挽回,如今说也徒然。"敬业道:"兄何必如此说,人患不同心耳!设一举义旗,拥兵而进,孰能御之。"唐之奇道:"既如此,兄何寂然。"宾王道:"兄若肯正名起义,弟作一檄以赠。"敬业大喜,即日祭告天地,祀唐祖宗,号令三军,竖起义旗。宾王展开素纸,写出檄文,送与敬业众人观看,其檄文曰:

> 伪临朝武氏者,人非和顺,地实寒微。昔充太宗下陈,曾以更衣入侍。洎乎晚节,秽乱春宫。潜隐先帝之私,阴图后房之嬖。践元后于翚翟,陷吾君于聚麀。杀姊屠兄,弑君鸩母。人神之所同嫉,天地之所不容。尤复包藏祸心,

窃窥神器。君之爱子，幽之于别宫；贼之宗盟，委之以重任。敬业皇唐旧臣，公侯冢子。奉先君之成业，荷朝廷之厚恩。公等或居汉地，或叶周亲，或膺重寄于话言，或受顾命于宣室。言犹在耳，忠岂忘心。一抔之土未干，六尺之孤何托。请看今日之域中，竟是谁家之天下。

敬业与众人看了，各个大恸。敬业道："这事不是一哭可以了事，只要诸公商议做去便了。"于是敬业起兵矫诏，杀扬州长史，升府库，赦囚徒。旬日间聚兵十余万，移檄州县。未知如何，且看下回分解。

第十一回

改国号女主称尊　违君召怀僧丧身

却说狄仁杰为相，见狱中事奏闻。太后命严思善按问，周兴尚未知其事。思善谓兴曰："囚多不承，当用何法？"兴道："令囚入瓮，以火炙之，何事不承。"思善乃索大瓮，炽炭如兴法，因起谓兴道："有内状推公，请公入此瓮。"兴叩头服罪，流岭南，为仇家所杀。索元礼、来俊臣弃市，人争啖其肉，斯须而尽。残酷之事，一朝除灭，士民大喜。

一日，武三思将敬业檄文与太后看。太后看了，就问："此檄文出自谁手？"三思道："骆宾王。"太后道："有才如此，而使之流落不偶，宰相之过也。"即遣大将李孝逸征讨敬业。太后又道："我想卢陵王在房州，若有异心，就费手了。要着一个心腹去看他作何光景。只是没有人去得。"三思想起婉儿说韦后慕己之意，便道："我不是陛下的心腹？就去走一遭。"太后尚未应，忽见宫娥来报："师爷进来了。"太后叫娥儿送三思出去。婉儿与三思走到僻静之处，取乐一回。三思就把太后要差人往房州去的事说了，叫他撺掇："叫我去。"婉儿道："这在我，我有些礼物，送与韦娘娘，待我修书一封，打动他便了，只是日后不要忘我。"三思道："这个自然。"遂分手出宫。到次日,太后着三思往房州公干。三思得了旨意,入宫辞太后。婉儿暗将礼物并书递与三思,三思遂起身。行了几日,已到房州。天色已晚,驿馆宿歇。到次日,三思领了四个小使,到卢陵王府上来,时王爷不在家。门上人知是武三思,不敢怠慢,即便报知韦后。韦后道:"他与我是至戚,不妨请进宫来。"太监领命,出去相请。三思步入宫来,看见韦后生得身躯袅娜,体态娉婷,速忙上前拜下。韦后也回拜了。坐定,韦后问起太后安乐,三思答应了一回,就问:"王爷何往?"韦后道:"今早往感德寺拜佛,已差人去请了,不知武爷何来?"三思道:"因上官婉儿思念娘娘,故赍书到此。"向靴里取出书来,送与韦后。左右把礼物摆下。韦后把婉儿的书拆开看了,微笑。将礼物收了。忽女奴来报:"王爷回来了。"韦后进去。中宗出来与三思叙礼坐定,中宗先问了母后的安,又问:"兄如今何往,寓在何处?"三思道:"寓在府前饭店,明天即行。"中宗道:"岂有此理!兄不以我为弟,何欲去之速也。"遂叫左右将武爷寓所行李取来,就请三思到殿上饮酒。三思把李敬业谋反之事说了:"今太后差李孝逸去剿灭,又差我到扬州,命娄师德去合剿,故此绕道来候问。"中宗听了大怒道:"李勣是母后功臣,何等待他,不想他子孙如此倡乱,若擒住他,碎尸万段。"更命整席在书斋,中宗进内更衣去了。三思忽见刚才随韦后的宫奴捧茶近身,宫奴悄悄对三思道:"武爷不要用酒醉了,娘娘还要出来与武爷说话。"说毕,中宗出来入席,猜谜行令。中宗酒醉,被扶入宫去。三思见里边一间床帐,已摆设齐整。三思叫小厮先往厢房去睡,自己靠在桌上看书。不多时韦后出来。三思忙上前接住道:"下官何幸,蒙娘娘不弃。"韦后道:"噤声。"两个遂赴阳台,追欢取乐。韦后道:"你却不要薄情待我。"三思道:"我回去在太后面前,说王爷许多孝敬,包你即日召回。"韦后道:"如此甚好。婉儿我不便写书,你替我谢声。我有碧玉连环一副,乞为致之。"遂把连环交与三思,别了进去。三思在府上住了三日,就辞中宗,上路回京。

却说当时有个傅游艺，原系无籍，因其友杜肃与怀义相好，怀义荐二人于太后，遂俱得幸，擢为侍御。游艺耸谀太后说："李孝逸大破敬业，今敬业已授首矣，陛下宜更改国号，立武承嗣为太子。"太后大喜，遂改唐为周，改元天授，自称圣神皇帝，立武氏七庙。武三思回到京中，闻武承嗣欲谋为太子，心怀不平。及入宫复命，适遇婉儿，把韦后之事说了一遍，就向袖中取出碧玉连环，付与婉儿收了。遂进宫朝见太后，把中宗如何思念太后，细细说完。太后默然不语。一日，太后夜梦不祥，召狄仁杰详解。太后道："朕昨夜梦见先帝授我鹦鹉一只，两翼披垂，朕抚弄移时，两翼不起。"仁杰道："武者，陛下国姓，召回佳儿佳妇，则两翼振矣。"太后道："卿言甚是。但武承嗣求为太子，事当如何？"仁杰道："文皇帝亲冒锋镝以定天下，今乃移之他族，无乃非天意。且陛下立子，则千秋万岁后，配食太庙，承继无穷。陛下若立侄，未闻有侄为天子，而祔姑于庙者也。"后悟，由是召回中宗。母子相见，悲喜交集不题。

一日，太后与三思、昌宗、易之闲话，忽见太平公主走来。原来昌宗、易之久与太平公主有染，太后亦微知其事。当日大家上前见了，太平公主道："苑中荷花大放，母后怎不去看，却在此弄这个冷淡生活。"太后笑道："正是。"遂命摆宴在苑中，大家同到苑中来。只见啸鹤堂前，荷花开得红一片，绿一堆，芳香袭人。太后道："妙呀！"这荷花正在不浓不淡之间，大家四围看了一遍，入席饮酒。饮了数巡，只见宫奴捧着莲花三四支进来。三思把一支置于昌宗耳边戏道："六郎面似莲花。"太后笑道："还是莲花似六郎耳。"饮酒说笑了一回，三思、昌宗、易之等散去。太后着内监牛晋卿去召怀义。那晓得怀义因做了鄂国公之后，依势骄傲，私藏美妇，日夜取乐。这日正吃得大醉，忽见牛晋卿传太后旨相召。怀义怒道："这里娇花嫩蕊，尚不暇攀折，况老树枯藤乎。你且回去，我当自来。"晋卿无奈，只得回宫，以怀义之言实告。太后听了大怒道："秃子恁般无礼，如此可恶。"恰好太平公主进来，见太后大怒，忙问其故。晋卿将怀义之言说知。公主道："秃奴无礼极矣！母后不须发怒，待儿明日处死他便了。"太后道："须处得泯然无迹。"太平公主领命而去。明日绝早起身，选了二三十个壮健宫娥，去苑中伏着，又叫两个太监往召怀义，哄他进苑来，那怀义因宵来酒醉失言，懊悔无及；又闻差人来召，正要文饰前非，即同二太监从后宰门进宫。太平公主先令宫娥于半路传谕道："太后在苑中等着，可快进去。"怀义并不疑心，忙进苑来。宫娥引到幽僻之处，只见太平公主坐着，令二三十个壮健宫娥，一起执棒痛打。不消半刻，怀义气绝身死，将尸首装入蒲包内，送到白马寺中，放火烧了，回奏太后。未知后事如何，且听下回分解。

第十二回

释情痴夫妇感恩　伸义讨兄弟被戮

却说太后闻怀义被打死，怒气少解。但年齿日高，淫心日炽。中宗虽召回京，太后依旧执掌朝政。以张昌宗为奉宸令，每内廷曲宴，辄引诸武、二张，饮博嘲谑。又多选美少年，为奉宸内供奉，品其妍媸，日夜戏弄。时魏元忠为相，秉性正直，不畏权势。由是诸武、二张深恶之，太后亦不悦元忠。昌宗乃潜元忠有私议，说："太后年老淫乱，不若扶太子为久长；东宫奋兴，则小人皆避位矣。"太后闻言大怒，欲治元忠。昌宗恐怕事不能妥，乃密引凤阁舍人张说，赂以多金，许以美官，使证元忠。张说思量："要推不管，他就变起脸来不好意思，倘若再寻了别个，在元忠身上有些不妥。我且许之，且到临期再商。"只得唯唯而别。太后明日临朝，诸臣尽退，只留魏元忠与张昌宗廷问。太后道："张昌宗，你几时闻得魏元忠与何人私议，欲立太子？"昌宗道："元忠与张说相好，前言是张说说的。"太后即命内监去召张说。是时大臣尚在朝房，探听未归，见太后来召张说，知为元忠事。张说将入，吏部尚书宋璟说道："张老先生，名义至重，鬼神难欺，不可当邪陷正，以求苟免；若获罪流窜，其荣多矣。倘事有不测，璟等叩阍力争，与子同生死。努力为之，万代瞻仰，在此一举。"张说点头，遂入内廷。太后问之，张说默然无语。昌宗从旁促使张说言之。张说道："臣实不闻元忠有是言，但昌宗逼臣使证之耳！"太后怒道："张说反复小人，宜并治之。"遂退朝。隔了几日，太后叫张说又问，说对如前。太后大怒，贬元忠为高要尉，说流岭表。

却说张说有爱妾，姓宁名怀棠，字醒花，时年一十七，才容双全，张说十分宠爱。一日，有个同年之子姓贾名若愚，号全虚，年方弱冠，来京应试，特来拜望。张说见他少年多才，留为书记，凡书札往来皆彼代笔。住在家中。过了数月，全虚偶至园中绿玉亭闲玩，劈面撞见醒花。全虚色胆如天，上前作揖道："小生苏州贾全虚，偶尔游行，失于回避，望娘子恕罪。"那醒花也不回言，答了一礼，竟自走去，暗想："我家老爷只说贾相公文才家世，并不提起他丰姿容雅，我看他举止安详，决不像个落魄之人。吾今在此，终无出头之日。"倒有几分看上他的意思。全虚虽然一见，并不知是何人，又无处访问，只得付之无可奈何。过了数日，正值张说有事，不得回家。全虚独坐书斋，月色如画，听见窗外有人嗽声。全虚出来一看，见一女郎，问其何往，女郎道："吾乃醒娘侍女碧莲，前日醒娘亭前一见，偶尔垂情，至今不忘。兹因老爷在寓，不敢启行。醒娘欲见郎君一面，特命妾先告。"言讫，只见醒花移步而来。全虚上前一揖道："绿玉亭前，偶尔相遇，意娘子决不是凡人，所以未敢直通款曲。今幸娘子降临，小生愿结百年姻眷。"那醒花徐徐答道："我在府中一二年，所见往来贵人多矣，未有如君者。君若不以妾为残花飘絮，请长侍巾栉。承此多故之际，如李卫公之挟张出尘，飘然长往，未识君以为可否？"全虚道："承娘子谬爱，有何不可。只是年伯面上不好意思。"醒花道："你我终身大事，那里顾得。"全虚道："卿字醒花，只恐夜深花睡去，奈何？"醒花道："共君今夜不须睡，否则恐全虚此一刻千金也。"二人大笑。碧莲道："隔墙有耳，为今之计，三十六计走为上计。"遂忙收拾，连夜逃遁。不想早有人将此事报知张说，张说差人四下缉获。获着了，拿来见张说。张说要把全虚置之死地。全虚大呼道："睹色不能禁，亦人之常情。男子汉死何足惜，只是明公如此名望，如此尊贵，今虽暂谪，不久自当迁擢，安知后日宁无复有意外之虞，缓急欲用人乎。何因一女婢而置大丈夫于死地，窃谓明公不取也！且楚庄王不究绝缨之事，袁盎不追窃姬之人，后来皆获其报。岂明公因一女子，而欲杀国士乎！"张说闻其语，遂回嗔作喜道："汝言似亦有理。"遂以醒花赠之，并命家人厚其食资与他。全虚也不推辞，携之而去。太后闻知，以张说能顺人情，不惟不究前事，且命以原官。其时太后所宠爱的人，自诸武、二张之外，只有太平公主与安乐公主。那安乐公主，乃中宗之女，下嫁于太后之侄孙武崇训。他倚夫家之势，又会谄媚太后，太后亦爱之。他遂骄奢淫逸与太平公主一样，横行无忌。

当时朝中大臣，自狄仁杰死后，只有宋璟极其正直，太后亦敬畏之；诸武、二张，都不敢怠慢他。朝廷正人直臣，如张柬之、桓彦范、敬晖、袁恕已、崔玄晖等，皆狄仁杰所荐引，与宋璟共矢忠心，誓除逆贼。

一日，众大臣同中宗出猎，张柬之等五人随骑而行。到了山中幽僻之处，五人下马奏道："臣等幽怀，向欲面奏，因耳目众多，不敢启齿。今事势已迫，不能再隐。臣思太后惑于二张言语，贪位不还；今又闻太后欲将宝位让与六郎，万一即真，则置陛下于何地？臣等情急，只得奏闻陛下。"中宗大惊道："为今奈何？"柬之道："直须杀却二张、诸武，方得陛下复位。"中宗道："太后尚在，怎去杀得？"柬之道："臣定计已久，无须圣虑。但恐惊动圣情，故先奏闻。"中宗道："二张可杀，武氏之族，望看太后之面留之。"柬之道："臣兵至宫闱，不遇则已，如或遇着，恐刀剑无情，不能自主。"中宗道："孤若得复位，反周为唐，当封汝等为王。"柬之等拜谢。猎毕而回，个个散去。中宗回到东宫,恰好三思那日晓得他出猎,正与韦后在宫中玩耍。忽报王爷回来,三思大惊。韦后道:"无妨,我同汝在外头书室里去,打一盘双陆,他进来看见了,包你不说一声。"三思没奈何,只得随韦后出来,坐了对局。中宗走进来,看见笑道:"你两个好自在,在此打双陆。"三思忙下来见了。中宗道:"你们可赌什么?"韦后道:"赌一件玉东西。"中宗坐在旁道:"待我点筹,看是谁赢。"下了两局,大家一胜一北。第三盘却是三思输了。中宗道:"什么玉东西?拿出来。"三思道:"粗蠢之物,陛下看不得的。改日再与娘娘复局,天已昏黑,臣要回去。"中宗道:"今夜且在此饮酒吧。"遂引三思到内书室,见灯烛辉煌,宴已齐备,二人坐了。三思道:"我们怎样吃酒?"中宗道:"掷个状元吧。"三思道:"状元虽好,只是两个人,有何意味。"中宗道:"你与我总是亲戚,待我请娘娘与上官昭仪出来,四人共掷,岂不有趣。"三思道:"妙!"中宗命人去请。少顷,韦后与上官昭仪出来,大家坐下掷起。恰好,中宗掷了浑沌,三人笑道:"状元是殿下占了。"就奉一巨觥与中宗。中宗饮干,三人又掷。上官昭仪掷了四个四,说道:"好了,我是榜眼。"韦后道:"也该吃一杯。"两人又掷,中宗心中想:"此时初更时分,怎么外廷还不见动静,我今叫人去打听一回。"就对婉儿道:"你看他们两个再掷,有了探花,我就要考了。我出去就来。"韦后见中宗去了,一时淫心发起,就令昭仪出去看看王爷何事,并侍女一起遣开。正欲与三思做些勾当,忽见昭仪嚷进来道:"娘娘,不好了!"二人忙走开问道:"有什么不好?"话未说完,只见中宗跑进来。三思问是何事,中宗道:"张柬之等五人,要杀张、武二氏。我再三劝他们不要加害于汝。二张想已诛了。"三思忙跪下道:"求殿下救臣之命。"身上战栗不已。韦后道:"皇爷留你在此,自有主意,何必惊慌。"忽见许多宫奴进来禀道:"众臣在外,请王爷出去。"中宗忙走出来。原来张柬之等统兵入宫,恰好二张正与太后酣寝,躲避不及,被军士一起杀了。太后大惊。柬之等请太后即日迁入上阳宫。张柬之取了玺绶来见中宗，奏道："太后已迁，御玺已在此，请陛下速登宝位。"中宗升殿，柬之等呈上玺绶。又将昌宗、易之首级呈验。然后各官朝贺，复国号曰唐。仍立韦后为皇后，封后父玄贞为上洛王，母杨氏为荣国夫人，张柬之等五人俱封为王，改元神龙，大赦天下。柬之道："武三思一门，当如二张之罪诛之，前蒙陛下吩咐，只得姑免；今若仍居王位，臣等实难与为僚。"中宗听了，不得已削三思王位。众人谢恩出朝。未知后来如何，且看下回分解。

第十三回

结彩楼嫔御评诗　游灯市帝后行乐

却说太后被柬之等迁到上阳宫，思想前事，如同一梦，时时流涕。患病起来，日加沉重，过了数日而崩。中宗颁诏天下，整治丧礼不题。

却说武三思门下，有兵部尚书宗楚客、御史中丞周利用、侍御史冉祖雍、太仆卿李俊、光禄丞宋之逊、监察御史姚绍之等为其耳目，是为五狗，与韦后、婉儿日夜谮柬之等。三思阴令人书皇后秽行，榜于天津桥，请加废黜。中宗知之大怒，命监察御史姚绍之穷究其事。绍之奏言："敬晖等五王使人为之。虽云废后，实谋大逆，请族诛敬晖等以雪皇后之愤。"中宗命法司结其罪案，将敬晖五王流边远各州。三思遣人矫制于中途杀之。于是三思权倾天下，谁不惧怕。中宗也没了主意，听其节制。况韦后一心爱三思，常对他说道："我必欲如你姑娘，自得登临宝位，方遂我心。"由是弄权，类于武后。

且说那时朝臣中，有两个有名的才子，一姓宋名之问，字延清，汾州人氏，官为考功员外郎；一姓沈名佺期，字云卿，内黄人氏，官为起居郎。若论此二人文才，正是一个八两，一个半斤。那宋之问生得丰姿俊秀，性格风流，于男女之事，亦甚有本领。他在武后时，已在朝为官,一心要亲近武后,托一个相契的内监,于武后前从容荐引,说他内才外才都妙。武后笑道:"朕非不爱其才,但其人有口疾,故不便使之入侍耳。"原来宋之问自小有口臭之疾。当时内监将武后之言述与宋之问,宋之问甚是惭恨。自此,日常含鸡舌香于口中,以希进幸。即此一端,可知是个有才无品行人了。那沈佺期亦与张易之辈交通,后又在安乐公主门下走动。安乐公主屡屡在中宗、韦后面前称述沈、宋二人才学。一日,中宗欲游幸昆明池,大宴群臣。这昆明池,乃是汉武帝开凿,阔大宏壮,池中有亭台楼阁,以备登临。当下中宗欲来游幸宴集,先两日前传谕朝臣,各献即事五言排律一篇,选取其中佳者,为新翻御制曲。于是朝臣都争华竞胜地去作诗。韦后对中宗道:"外廷诸臣,自负高才,不信我宫中嫔御无有才胜于男子者。依妾愚见,明日将这众臣所作之诗,命上官昭容当殿评阅,使他们知宫廷中有才女子,以后应制作诗,俱不敢不竭尽心矣。"中宗大喜。遂传旨,于昆明池畔,另设帐殿一座。帐殿一侧,高结彩楼,等候上官昭容登楼阅诗。此旨一下,众朝臣俱到昆明池来。那日中宗与韦后及太平公主、安乐公主、上官昭容等俱至昆明池游玩,大排筵宴。诸臣朝拜毕,赐宴于池畔。酒行既罢,诸臣各献诗篇。中宗传谕道:"卿等俱系美才,然所作之诗,岂无高下,朕一时未暇披阅。昭容上官氏才冠后宫,朕思卿等才子之诗,当使才女阅之,可做千秋佳话,卿等勿以为亵也。"诸臣顿首称谢。中宗命诸臣俱于彩楼之前左边站立,其诗不中选者逐一立向右边去。少顷,只见众宫女簇拥上官婉儿上楼。楼前挂起一面朱书的大牌来,上写:"昭容上官氏奉诏评诗,只选最佳者一篇进呈御览,其余不中选者,即发下楼,复还本官。"当时,婉儿把那些诗篇举笔评阅,众官在楼下仰望。只见那些不中选的,纷纷飘下楼来。每一纸落下,众人拾看。见了自己名字,即取来袖了,立过右边去。众诗落尽,只有沈佺期、宋之问二诗不见落下。等了许久,又见飘落一纸。众视之,却是沈佺期的诗,其诗云:

>　　法驾乘春转，神池像汉回，
>　　双星遣旧石，孤目隐残灰。
>　　战鹢逢时去，恩鱼望幸来，
>　　山花陡骑绕，堤柳漫城开。
>　　思逸横汾唱，歌流宴镐杯，
>　　微臣雕朽质，羞睹豫章材。

诗后评云：

>　　玩沈、宋二诗，工力悉敌。但沈诗落句，辞气已竭，宋作犹陡然健举，故去此取彼。

　　婉儿评完，下楼复命，将宋之问的诗呈上。中宗与韦后观看，都赞好诗。即召诸臣至御前，将宋之问的诗，传与观看。其诗云：

>　　春豫灵池会，沧波帐殿开，
>　　舟凌石鲸动，槎拂斗牛回。
>　　节晦蕡全落，春迟柳暗催，
>　　象溟看浴景，烧劫辨沉灰。
>　　镐饮周文乐，汾歌汉武才，
>　　不愁明月尽，自有夜珠来。

　　诸臣看毕，大家称美。中宗索佺期之诗来看，又看了评语。因笑道："昭容之评，二卿以为何如？"二人道："评阅允当。"中宗又问："众卿之诗，多被批落，心内服否？"众官道："果是高才卓识，怎敢不服。"中宗大悦。当日饮宴，极欢而罢。自此，中宗为韦后辈所玩弄，心志蛊惑，全不留心国政。时光荏苒，不觉腊尽春回。京师风俗，每逢上元，灯事极盛。六街三市，花团锦簇；大家小户，张灯结彩；游人往来如织；金鼓喧天，笙歌鼎沸；通宵达旦，金吾不禁。韦后闻知外边灯盛，忽发狂念，与上官婉儿及诸公子，邀请中宗，一同微服出外观灯。中宗笑而从之。于是各换衣装，打扮做街市男妇模样。又命武三思等一班近臣，也易服相随。挨群逐队，遍游街市，与这些看灯的人，挨挨挤挤，略无嫌忌。军民士庶，有乖觉的都窃议道："这般看灯的男女，像是大内出来的。不是公主，定是嫔妃；不是王子、王孙，定是公侯、驸马。可笑我大唐皇帝，难道宫中没有好灯赏玩，却放他们出来，与百姓们饱看。如此人山人海，男女混杂，贵贱无分，成何体统！"众人便如此议论。中宗与韦后领一班男女，只拣热闹处游玩，全不顾旁人骇异。又纵放宫女几千人，结队出游，任其所往。及回宫查点，不见了好些宫女。因不便追缉，遂付之不究，糊涂过了。正是：

> 帝后观灯街市行，市人瞩目尽心惊。
> 任他宫女从人去，赢得君王大度名。

未知灯事后，中宗与韦后又做出何状，且听下回分解。

第十四回

鸩昏主竟同儿戏　斩逆后大快人心

却说上官婉儿自彩楼评诗之后，才名大著，中宗愈加宠爱，他愈恃宠骄恣，横行无忌。中宗又特置修文馆，选择公卿中之善为诗文者二十余人，为修文馆学士，时常赐宴于内廷，吟诗作赋，俱命上官婉儿评定；其甲乙，传之词林，或播之乐府。由是天下士子争以文采相尚；一切儒学正人与公说正言不得上达。婉儿又与韦后私议，启奏中宗听许婉儿自立私第于外，以便诸学士时常得以诗文往还评论。因此，那些没品行的官员，多奔走出入其私第，以希援引进用。婉儿因遂勾结其中少年精锐者，潜入宫掖与韦后、公主们交好。于是朝臣中崔湜、宗楚客等，俱先通了婉儿，后即为韦后与公主们的心腹。中宗自观灯市之后，时或微服出游，或游幸婉儿私第，或与韦后、公主们同来游幸。婉儿既自有私第在外，宫女们日夕来往，宫门上出入无节。物议沸腾，却没人敢明言直谏。只有黄门侍郎宋璟，独上一疏，极言不可。中宗竟置之不理，宋璟也无可奈何。韦后等愈无忌惮。太平公主、安乐公主久已自开府第，自置官属。那班无职幸进之徒，多营谋为公主府中官员。安乐公主府中有两个少年的官儿，一个姓马名秦客，一个姓杨名均。那马秦客深通医术，杨均最善烹调。二人都生得美貌，为安乐公主所宠爱。因荐与韦后，又极蒙爱幸。由是马秦客夤缘升为散骑常侍，杨均升为光禄少卿。那崔湜与宗楚客，既私通上官婉儿，又转求韦后、公主于中宗面前说此二人可做宰相，中宗遂以宗楚客为中书令，崔湜同平章事。自此，小人各援引其党类，滥官日多，朝堂充溢。时突厥默啜侵扰边界，屡为朔方总管张仁愿所败。默啜密与宗楚客交通，楚客受其重贿，阻挠边事。监察御史崔琬上疏劾之，当殿朗读惮章。原来唐朝故事，大臣被言官当殿面劾，即俯躬趋出，立于朝堂待罪。是日，宗楚客竟不趋出，且愤怒作色，自陈忠鲠为崔琬所诬。宋璟厉声道："楚客何得辩，故违朝廷法制。"中宗更弗推问，只命崔琬与宗楚客结为兄弟，以和解之。时人传作笑谈，因呼为"和事天子"。时有处士韦月将，上疏直言武三思私通宫掖，必生逆乱。韦后闻知大怒，劝中宗杀之。宋璟道："彼言中宫私于武三思，陛下不究其所言而即杀其人，何以服天下。若必欲杀月将，请先杀臣，不然臣终不敢奉诏。"中宗乃命免其死，长流岭南。自此，中宗心里亦颇怀疑，传旨查察宫门出入之人，群小因此不自安。那武三思最忌太子重俊，与上官婉儿请韦后废太子。安乐公主又急欲韦后专政，使自己得为皇太女。韦后一时无计可施。一日，杨均以烹调之事，入内供应。韦后因召入密室，屏退左右，私相谋议。韦后道："皇爷近来有疑宫中之意也，不可不虑。"杨均道："皇上千秋万岁后，娘娘自然临朝称制，何必多虑。"韦后道："他若心变，我怎等得他千秋万岁后，须要先下手为强。"因附耳问道："有什么好药可以了此事否？"杨均道："药，问马秦客便有。但此事非同小可。当见机而行，未可造次。"

不说二人密谋，且说太子重俊，闻知韦后欲要谋废他，心怀疑惧，知道是三思、婉儿辈陷害，因欲先发制人，与东宫官属李多祚等矫诏，引羽林军杀入武三思私第。恰值武崇训在三思处饮酒，二人皆被拿住斩首。太子又令军士，把三思合家老幼男女尽都杀死。又勒兵至宫门,欲杀上官婉儿。中宗闻变大惊,急登玄武门楼,宣谕军士,令宫闱令杨思勖与李多祚交战。多祚战败兵溃,自刎而死,太子亦死于乱军中。中宗见武崇训既诛,即命武延秀为安乐公主驸马。延秀即崇训之弟,以嫂妻叔,伦常扫地矣。

时有许州参军燕钦融上疏,言韦后淫乱干政,宗楚客等图危社稷。中宗览疏,未及批发,韦后即传旨将燕钦融捕杀。中宗心下不悦,露于颜色,韦后十分疑忌,密谓杨均道:"皇爷渐已心变,前所云进药之说,若不急行,祸将不测。"杨均道:"马秦客有一种药末,人服之腹中作痛,口不能言,再饮人参汤即便身死,不露伤迹。"韦后道:"既有此药,可速取来。"杨均遂与马秦客密谋,取药进宫。韦后知中宗喜吃玉酥饼,即将药放入饼馅里,乘中宗未进膳,便亲将饼供上。中宗连吃了几枚,觉得腹胀,微微作痛。少顷,大痛起来,坐在榻上乱滚。韦后佯为惊问,中宗说不出话,但以手自指其口。韦后呼内侍道:"皇爷想欲进汤,可速取人参汤来。"此时人参汤早已备着,韦后亲手擎来,灌入中宗口内。中宗吃了人参汤,便滚不动,淹至晚间,呜呼崩逝。太平公主闻中宗暴死,明知死得不明白,却又难于发觉,只得隐忍。韦后与众议,立温王重茂,遗诏草定,然后召大臣入宫。韦后托言中宗以暴疾崩,称遗诏立温王重茂为太子,即皇帝位。重茂时年十五,韦后临朝听政,宗楚客劝韦后依武故事,以韦氏子弟典南北军。深忌相王旦与太平公主,谋欲去之。遂与安乐公主及都督兵马使韦温等密谋为乱,约期举事。

时相王第三子临淄王隆基,曾为潞州别驾,罢官回京。因见群小披猖,乃阴聚才勇之士,志图匡正。侍郎崔日用,向亦依附韦党,今畏临淄王英明,又忌宗楚客擅权,知其有逆谋,恐日后连累着他,遂密遣宝昌寺僧人普润至临淄王处告变。临淄王即报知太平公主,遂与内监钟绍京,校尉葛福顺、御史刘幽求、李仙凫等计议,乘其未发,先事诛之,众皆奋然。太平公主亦遣子薛崇行、崇敏、崇简来相助。

葛福顺道："贤王举事，宜启知相王殿下。"临淄王道："吾举大事，为社稷计。事成则福归父王；如或不成，吾以身殉之，不累及其亲。今若启而听从，则使父王予危事；倘其不从将败大计。不如不启为妥。"于是率众潜入内苑。时夜将半，葛福顺拔剑争先，直入羽林营。典军韦温、韦璿、韦播等措手不及，俱被福顺所杀。刘幽求大呼道："韦后鸩弑先帝，谋危宗社，今夜当共诛之，立相王以安天下；敢有怀两端助逆党者，罪及三族。"羽林军士皆欣然听命。临淄王勒兵至玄武门，斩关而入，诸卫兵皆应之。斩韦后及安乐公主、武延秀、上官婉儿等。临淄王遂传令扫清宫掖，收捕诸韦亲党，宗楚客、张嘉福、马秦客、杨均等皆斩之。尸韦后于市。诸韦老幼，无一免者。天明，内外既定，临淄王出见相王，叩头谢不先白之罪。相王道："社稷宗庙不坠于地，皆汝之功也。"刘幽求等请相王早正大位。是日早朝，少帝重茂方将升座，太平公主手扶去之，说道："此位非儿所宜居，当让相王。"于是众臣共奉相王为皇帝，是为睿宗，改元景云。废重茂仍为温王，进封临淄王为平王，祭故太子重俊，赠李多祚、燕钦融等官爵，追复张柬之等五人官爵，追废韦后、安乐公主为庶人，崔日用出首叛逆有功，仍旧供职，其余韦党俱治罪。过了数日，诸臣请立东宫，睿宗以宋王成器居嫡长而平王隆基有大功，迟疑不决。宋王涕泣固辞道："从来建储之事，若当国家安，则先嫡长；国家危，则先有功。今隆基功在社稷，臣死不敢居其上。"刘幽求奏道："平王有大功，宋王有让德，陛下宜报平王之功以成宋王之让。"睿宗乃降诏，立平王隆基为太子。不知后事如何，且看下回分解。

第十五回

上皇难庇恶公主　张说不及死姚崇

却说太平公主与隆基诛韦氏，拥立睿宗为帝，甚有功劳。睿宗既重其功，又念他是亲妹，极其怜爱，凡朝廷之事，必与他商酌；自宰相以下，进退系其一言。由是附势谋进者奔趋其门如市。子薛崇行、崇敏、崇简皆封王。公主怙宠擅权，骄奢纵欲，私引美貌少年至其第，与之淫乱。奸僧慧范，尤所最爱。那班倚势作威的小人，都要生事扰民。亏得朝中有刚正大臣，如姚崇、宋璟辈，侃侃谔谔，不畏强贵。太子隆基，更严明英察，为群小所畏忌，因此还不敢十分横行。太平公主知之，深忌太子，谋欲废之，日夜进谗于睿宗，说太子许多不是，又妄谓太子私结人心，图为不轨。睿宗心中怀疑。一日，坐于便殿，密与侍臣韦安石道："近闻中外多倾心太子，卿宜察之。"韦安石道："陛下安得此亡国之言，此必太平公主之谋也。太子仁明孝友，有功社稷，愿陛下无惑于谗人。"睿宗悚然道："朕知之矣。"自此，谗说不得行。太平公主阴谋愈急。使人散布流言曰："目下当有兵变。"睿宗闻言，谓侍臣道："术者言五日内必有急兵入宫，卿等可为朕备之。"张说奏道："此必奸人造言，欲离间东宫耳！陛下若使太子监国，则流言自息矣。"姚崇奏道："张说所言，真社稷至计，愿陛下从之。"睿宗依奏,即日下诏,命太子监理国事。太子既受命监国,闻河南隐士王琚贤,即遣使臣赍礼往聘王琚入朝。王琚不敢违命,即同使臣来见。时太子正与姚崇在内殿议事,王琚入至殿廷故意徐行。使臣道:"殿下在帘内,不可怠慢。"王琚大声道:"今日何知殿下,只知有太平公主耳!"太子闻言,即趋出帘外。王琚拜罢说道:"臣顷者所言,殿下有闻乎?"太子道:"闻之。"王琚因奏道:"太平公主擅权纵淫,所宠奸僧慧范,恃势横行。公主凶狠无比,朝臣多为之用,将谋不利于殿下,何不早为之计。"太子道:"所言良是,但吾父皇只此一妹,若有伤残,恐亏孝道。"王琚道:"孝之大者,以安社稷寺庙为事,岂顾小节。"太子点头道:"当徐图之。"遂命王琚为东宫侍班,常与计事。太极元年七月有彗星出于西方,入太微。太平公主使术士上密启示睿宗道:"彗所以除旧布新,且逼近帝座,前星有变,皇太子将做天子,宜预为备。"欲以此激动睿宗,中伤太子。那知睿宗正因天象示变,心怀恐惧,闻术士所言,反欣然道:"天象如此,天意可知,吾志决矣。"遂降诏传位太子。太平公主大惊,力谏以为不可;太子亦上表固辞。睿宗皆不听,择于八月吉日,命太子即皇帝位,是为玄宗明皇帝。尊睿宗为太上皇,立妃王氏为皇后,改太极元年为先天元年。重用姚崇、宋璟辈,以王琚为中书侍郎。黜幽陟明,政事一新。时太平公主恃上皇之势,恣为不法。玄宗稍禁抑之,公主大恨。遂与朝臣萧至忠、岑羲、窦怀贞、崔湜等私结为党,欲矫上皇旨,废帝而别立新君。密召侍御陆象先同谋,象先大骇道:"不可不可!"公主道:"弃长立少,已为不顺,况又失德,废之何害。"象先道:"既以功立,必以罪废;今上新立,并无失德,何罪可废?象先不敢与闻。"言讫退出。公主与崔湜等计议,恐矫旨废立,众心不服,将有中变;欲暗进毒,以谋弑逆。乃私结宫人元氏,谋于御膳中置毒以进。开元元年七月朔日,早朝毕,玄宗御便殿。王琚闻知公主之谋,密奏道:"太平公主之事迫矣,不可不速发。"玄宗沉吟半晌道:

"朕欲举发，恐惊动上皇。"王琚道："设使奸人得志，宗社颠危，上皇安乎？"正议论间，侍郎魏知古直趋殿陛，口称臣有密启。玄宗召至案前问之。知古道："臣知奸人于此月之四日作乱，宜急行诛讨。"于是玄宗与岐王范、薛王业、尚书郭元振、将军王毛仲、内侍高力士及王琚、崔日用、魏知古等定计，勒兵入庆化门，执岑羲、肖至忠于朝堂斩之，窦怀贞自缢，崔湜及宫人元氏俱诛死。太平公主逃入僧寺，追扑出，赐死于家。并诛奸僧慧范，及其余逆党，死者甚多。上皇闻变，急登承天门楼问故。高力士奏道："太平公主结党谋乱，今俱伏诛，事已平定，不必惊疑。"上皇闻奏，叹息下楼。玄宗闻陆象先不肯从逆，擢为蒲州刺史，面加奖谕道："岁寒然后知松柏也。"象先奏道：《书》云，'歼厥渠魁，胁从罔治'。今首恶已诛，余党乞从宽典，以安人心。"玄宗依其言，多所赦宥。自此朝廷无事。玄宗意欲以姚崇为相，张说忌之。使殿中监姜皎入奏道："陛下欲择河东总管，而难其人，臣今得之矣。"玄宗问："为谁？"姜皎道："姚崇文武全才，真其选也。"玄宗笑道："此张说之意，汝何得面欺。"姜皎惶愧叩头服罪。玄宗即日降旨，拜姚崇为中书令。张说大惧，乃私与岐王通款，求其照顾。姚崇闻知，甚为不满。一日入对便殿，行步微蹇。玄宗问道："卿有足疾耶？"姚崇奏道："臣有腹心之疾，非足疾也。"玄宗道："何谓腹心之疾？"姚崇道："岐王乃陛下爱弟，张说身为大臣，而私与往来，恐为所谋，是以忧之。"玄宗怒道："张说意欲何为，明早当命御史，按治其事。"姚崇回至中书省，并不提起。张说全然不知，安坐私署中。忽门役传进一帖，乃是贾全虚的名刺，说有紧急事，特来求见。张说骇然道："他自与宁醒花去后，久无消息，今日突如其来，必有缘故。"便整衣出见。贾全虚谒拜毕，说道："不肖自蒙明公高厚之恩，遁迹山野。近因贫困无聊，解书一内臣之家。适间偶与那内臣闲话，谈及明公私与岐王往来，今为姚相所奏，皇上大怒，明日将按治，祸且不测。不肖闻此信，特来报知。"张说大骇道："如此为之奈何？"全虚道："今为明公计，唯有密恳皇上所爱九公主，为说方便，始可免祸。"张说道："此计极妙，但急切里无门可入。"全虚道："不肖已觅一捷径，可通款于九公主，但须得明公所宝之物为贽耳！"张说道："前日鸡林郡曾献我夜明帘一具，未知可用否？"全虚道："请试观之。"张说取出。全虚看了道："此可矣！事不宜迟，只在今夕。"张说便写一手启，并夜明帘付与全虚。全虚连夜往见九公主，具言来意，献上宝帘并手启。九公主见了帘儿，十分欢喜。明日，入宫见驾。玄宗已传旨着御史同赴中书省，究问张说私交亲王之故。九公主奏道："张说昔为东宫侍臣，有维持调护之功，今不宜轻加谴责。且若以通款岐王之故，使人按问，恐王心不安，大非吾皇上平日友爱之意。"原来玄宗于兄弟之情最笃，尝为长枕大被，与诸王同卧。平日在宫中，只行家人礼。薛王患病，玄宗亲为煎药，吹火焚须，左右失惊。玄宗道："但愿王饮此药而即愈，吾须何足惜。"其友爱如此。今闻九公主之言，恻然动念，即命高力士至中书，宣谕免究。左迁张说为相州刺史，不在话下。

却说姚崇为相数年，告老退休，特荐宋璟自代。宋璟在武则天时正直不阿，及居相位，更丰格端凝，人人敬畏。至开元九年，姚崇偶感风寒，染成一病，延医调治，全然无效。姚崇平生不信释道二教，不许家人祈祷。过了几日，病势已重，自分不能复愈，乃呼其子至榻前，口授遗表一通，劝朝廷罢冗员，禁异端，官宜久任，法宜从宽，共数百言，皆为治之要，命即誊写奏进。及至临终，对其子道："我死之后，这篇墓碑文字，须得大手笔为之，方可传于后世。当今所推文章宗匠，唯张说耳。但他与我不睦，若径往求他文，他必推托不肯。待我死后，你须如此如此；若做了碑文，你又这般这般，不患他异日来报复也。记之记之。"言讫，瞑目而逝。公子哀哭，随即表奏朝廷，讣告僚属。大殓既毕，便设幕受吊。在朝各官，都来祭奠，张说亦具祭礼来吊。公子遵依遗命，预将许多古玩之物排列灵旁桌上。张说祭吊毕，公子叩颡拜谢。张说忽见桌上排列许多珍玩，因问道："设此何意？"公子道："此皆先父平日爱玩者，手泽所存，故陈设于此。"张说遂走近桌边，逐件细看，啧啧称赏。公子道："先生若不嫌鄙，当奉贡案头。"张说欣然道："重承雅意，但岂可夺令先公所好。"公子道："先生为先父挚友，先父曾有遗言，欲求先生大笔，为作墓志碑文。倘不吝珠玉，则先父死且不朽；区区玩好之微，何足复道。"说罢，哭拜于地。张说扶起道："拙笔何足为重，既蒙嘱役，敢不从命。"公子称谢。说别去，公子尽撤所陈设之物，遣人送与。张说大喜，遂作了一篇碑文，极赞姚崇人品，并叙自己钦服之意，交来人带去。公子得了文字，令石工连夜镌于碑上，遂进呈御览。玄宗看了赞道："此人非此文不足以表扬也。"张说过了一日，忽想起："我与姚崇不和，几受大祸。今他身死，我不报怨也够了，如何倒作文赞他。今日既赞了他，后日怎好改口贬他。"又想文字取去未久，谅未镌刻，可即索回，另作一篇，寓贬于褒之文便了。遂遣使到姚家索取原文，只说还要增改几笔。使者去不多时，即回来复说："碑文已经勒石，且又进呈御览，不可更改了。"张说顿足道："吾知此皆姚崇之遗算也！我一个活张说，反被死姚崇算了。我之智不及彼矣！"欲知后事，且看下文分解。

第十六回

江采萍恃爱追欢　杨玉环承恩夺宠

却说姚崇死后，朝廷赐谥文献。后张说、宋璟、王琚辈相继而逝。又有贤相韩休、张九龄，不上几年，亦皆身故。朝中正人渐皆凋谢。玄宗在位日久，怠于政事，专务奢侈，女宠日盛。诸嫔妃中，唯武惠妃最亲幸，皇后王氏遭其谗谮，无故被废。又谮太子瑛及鄂王、光王，同日俱赐死。一日杀三子，天下无不惊叹。不想武惠妃亦以产后血崩暴亡，玄宗不胜悲悼。自此，后宫无有当意者。高力士劝玄宗广选民间美女，以备侍御。玄宗大喜，令力士前去采选，力士领旨出宫而去。

却说闽中兴化府珍珍村，有一秀才，姓江名仲逊，字抑之，家私富厚。与妻廖氏，年过三十，只生一女，小名阿珍。六岁能诵二南。仲逊奇之，遂名采萍，生得花容月貌。至十三岁，诸子百家无不贯通；琴棋书画，各种皆能。他性最喜梅花，遂号梅芳。吟诗作赋，名闻籍甚。高力士自湖广历两粤，各处采选，并无当意者。至兴化，闻采萍名，得之以进。采萍年方二八，貌美无双。玄宗一见，喜动天颜，即令采萍入宫。赐江仲逊黄金千两、彩缎百端，回家养老。命高力士陪他赴光禄寺饮宴，仲逊含泪出朝。玄宗令左右摆宴，与江妃共饮。饮了一回，玄宗兴致已浓，携着江妃，退归寝室。一日，玄宗退朝入宫，见江妃在园中看梅。因知江妃喜梅，遂命宫中各处栽梅，朝夕游玩，赐名梅妃。过了数日，内侍来报说："岭南刺史韦应物，苏州刺史刘禹锡，各选奇梅五种，星夜进呈。"玄宗大喜，吩咐力士用心看管，以待宴赏。一日玄宗宴请诸王于梅园，饮至半酣，忽闻宫中笛声嘹亮。诸王问道："笛声清妙，不知何人所吹？"玄宗道："是朕江妃所吹，诸兄弟若不弃嫌，宣他一见。"诸王道："臣愿洗耳请教。"玄宗命高力士宣梅妃来。不一时，梅妃宣到，诸王见礼毕。玄宗道："朕常称妃子，乃梅精也，吹白玉笛，作惊鸿舞，一座生辉。今梅妃试舞一回。"梅妃领旨，就向筵前曼舞。有词为证：

  紫燕轻盈弱质，海棠标韵娇容。罗衣长袖交横，络绎回翔稳重。纤縠娥飞可爱，浮腾雀跃仙踪。衫飘绰约随风，恍似飞龙舞凤。

舞罢，诸王连声赞好。玄宗道："既观妙舞，不可不畅饮。"遂命内侍斟酒，令梅妃遍送诸王。时宁王已醉，见梅妃送酒来，起身接酒。不觉一脚踢着了梅妃绣鞋，梅妃大怒，登时回宫。玄宗道："梅妃为何不辞而去？"左右道："娘娘履珠脱缀，缀了就来。"等一会儿不见出来，诸王告醉而别。宁王回府大惊，急请驸马杨回来商议。不一时杨回到来，礼毕，宁王就把席间之事说了一遍："如今恐梅妃在圣上面前说些是非，叫我怎得安稳，特请你来商议此事。"杨回想了一想说道："不妨，我有二计在此。"就向宁王耳边说如此如此。宁王大喜，相约次日入朝。宁王跪下请罪道："蒙皇上赐宴，力不胜酒，失错触了妃履。臣出无心，罪该万死。"玄宗道："此事若计论起来，天下都道朕重色而轻天伦了，汝既无心，朕亦付之不较。"宁王叩头谢恩而起。杨回密奏道："臣见诸宫嫔妃甚多，又令高力士遍访美女何用？"玄宗道："朕见妃嫔中，并无一倾国之色，所以欲遍访美女耳。"杨回道："陛下必欲找倾国之色，莫若寿王妃子杨玉环，姿容盖世。"玄宗道："比梅妃何如？"杨回道："臣未曾亲见，但闻去年至寿邸时，有人见了，赞道'只有天在上，更无山与齐'。陛下莫若召来便见。"玄宗大喜，即差高力士去宣杨妃来。力士领旨，即到寿王府中，宣召杨妃。杨妃即来见寿王道："妾事殿下，祈定白头，谁知皇上来宣妾入朝，料想此去必与殿下永诀矣。"寿王料不可违，放声大哭。力士催促起身，杨妃拜别寿王，流泪而去。力士领杨妃来复旨。杨妃参拜，俯伏在地。玄宗赐他平身，把杨妃一看，见他生得形容体态，宛如越国西施；婉转轻盈，绝胜赵家合德。玄宗大悦，吩咐高力士令妃自以其意，为女道士，赐号太真，住内太真宫。更为寿王娶左卫将军韦昭训女为妃。潜纳太真杨氏于宫中，册为贵妃，其父玄琰兵部尚书，母李氏为凉国夫人，叔玄圭为光禄卿，兄铦为侍御史，从兄钊拜侍郎。玄宗以为钊字有金刀之象，改赐其名为国忠。自是杨氏权倾天下。

　　自此玄宗日与贵妃淫乐，便疏了梅妃。梅妃问亲随的宫女嫣红道："你可晓得皇上为何许久不到我宫中？"嫣红道："奴婢那里得知，除非叫高力士来问，便知分晓。"梅妃道："你去寻来。"嫣红领旨出宫，走到苑中，恰好遇见高力士，嫣红道："我家娘娘差我特来召你。"力士便同嫣红走到梅妃宫中，叩头见过。梅妃问道："圣上为何许久不进我宫中？"力士道："啊呀，圣上在南宫中新纳了寿王的杨妃，宠幸无比，娘娘难道还不知吗？"梅妃道："我那里晓得。且问你，圣上待他意思如何？"力士道："自从杨妃入宫之后，龙颜大悦，亲赐金钿珠翠，举族加官，宫中号曰娘子，仪礼皆如皇后。"梅妃听了这句话，不觉两泪交流。力士也自出宫去。嫣红道："娘娘不要愁烦。依奴婢愚见，娘娘莫若装束了，步到南宫，去看皇爷怎样说。"梅妃见说，便向妆台前整云鬓，对了宝镜叹道："天乎！我江采萍如此才貌，何自憔悴至此，岂不令人肠断。"说了，双泪交流，强不出精神来梳妆。嫣红再三劝慰，替他重施朱粉，再整翠钿，打扮得齐齐整整，向南宫而来。却见玄宗独立花阴，梅妃上前朝见。玄宗道："今日有甚好风吹得你来？"梅妃道："闻得陛下宠纳杨妃，贱妾一来贺喜，二来求见新人。"玄宗道："此是朕一时偶惹闲花野草，何起挂齿。"梅妃定要请见。玄宗道："爱卿既不嫌弃，着他来参见，卿不可着恼。"梅妃道："妾依尊命，须要他拜见我便了。"玄宗道："这也不难。"即召杨妃出来。杨妃望着梅妃叩头毕，玄宗即命摆宴。酒过三巡，玄宗道："梅妃有谢女之才，不惜佳句，赞杨妃一首如何？"就叫左右取来一幅锦笺，放在梅妃面前。梅妃只得提起笔来，写上一绝道：

　　撇却巫山下楚云，南宫一夜玉楼春。
　　冰肌月貌谁能似？锦绣江山半为君。

梅妃写完，呈于玄宗。玄宗看了，连声赞美，付与杨妃。杨妃接来看了一遍，心中暗想："此词虽佳，内多讥讽。他说'撇却巫山下楚云'，笑奴从寿邸而来；'锦绣江山半为君'，笑奴肥胖的意思。待我也回他几句，看他怎么。"因此对梅妃道："娘娘美艳之姿，绝世无双。待奴也赞一首。"遂提起笔亦向笺上写道：

　　美艳何曾减却春，梅花雪里亦清真。
　　总教借得春风早，不与凡花斗色新。

玄宗见杨妃写完，赞道："亦采得敏快得情。"遂拿与梅妃看。梅妃取来一看，暗想："他说'梅花雪里亦清真'，笑我瘦弱的意思；'不与凡花斗色新'，笑我已过时了。"两人有些不和起来。高力士道："娘娘们诗词唱和，奴婢有几句粗言俗语解分。"玄宗道："你试说来。"力士道："皇爷今日同二位美人，并一娇，走到高阳台；二位娘娘双劝酒，饮到月上海棠。奴婢打一套三棒鼓，唱一套贺新郎，大家沉醉东风。皇爷卸下皂罗袍，娘娘解下红衲袄。忽闻一阵锦衣香，同睡在销金帐。那时节，只要快活三，那管念奴娇，惜奴娇。皇爷做个蝶恋花，鱼游春水，岂不是万年欢，天下乐。"二妃听了，微微而笑。玄宗道："你言有理。"遂携着二妃回宫。梅妃性柔缓，后竟为杨妃所谮，迁于上阳东宫。杨妃又把持玄宗，不得进梅妃宫，终日思量要害梅妃。未知后事如何，且听下回分解。

第十七回

禄山入宫见妃子　力士沿街觅状元

且不说杨妃要害梅妃,却说安禄山,乃是营州夷种,本姓康氏。因其母再适安氏,遂冒姓安。为人奸狡,善揣人意。后因部落破散,逃至幽州上节度使张守圭麾下。守圭爱之,以为养子。屡借军功荐引,直荐他做到平卢讨簿使。时有东夷别部奚、契丹作乱犯边,守圭檄令安禄山督军征讨。禄山自恃强勇,率兵轻进,被奚、契丹杀得大败。那张守圭军令最严,诸将有违令败绩者,必按军法。禄山既败,张守圭便顾不得养子,一面上疏奏闻,一面将禄山提至军前正法。禄山临刑大叫道:"大人欲灭贼,奈何轻杀大将。"守圭壮其言,即命缓刑,将他解送京师,候旨定夺。禄山贿嘱内侍,于玄宗面前说方便。当时朝臣,多言禄山丧师失律,法所当诛;且其貌有反像,不可留为后患。玄宗因先听内侍之言,竟不准朝臣所奏,降旨赦禄山之死,仍赴平卢原任,戴罪立功。禄山是个极巧善媚之人,他在平卢,凡有玄宗左右至者,皆厚赂之。于是玄宗耳中常常闻得称誉安禄山,愈信其贤,屡加升擢,官至平卢节度使。天宝二年召之入朝,留京侍驾。禄山内藏奸狡,外貌假装憨直。玄宗信为真诚,宠遇日隆,得以非时谒见;宫苑严密之地,出入无禁。一日,玄宗驾幸御苑,禄山亦到御苑来谒见。望见玄宗同太子在花丛中散步，禄山故意向前朝拜玄宗，不拜太子。玄宗道："卿何不拜太子？"禄山假意道："太子是何官爵？可使臣当至尊面前谒拜？"玄宗笑道："太子乃储君也。朕千秋万岁后，继朕为君者也。"禄山道："臣憨，只知皇上一人，不知更有太子。当一体敬事。"遂向太子一拜。玄宗回顾太子道："此人朴诚乃尔。"正说间，忽见许多宫女，簇拥香车，冉冉而来。到得将近，贵妃下车，宫人拥至玄宗前行礼。太子也行礼罢。禄山待欲退避，玄宗命且住着，禄山便也望着贵妃拜了，拱立阶下。贵妃道："此人是谁，现为何官？"玄宗道："此人是安禄山，本塞外人，向年归附朝廷，官拜平卢节度，朕爱其忠直，留京随侍。"因笑道："他昔曾为张守圭养子，今日侍朕，亦如朕之养子耳。"贵妃道："诚如圣谕，此人真所谓可心儿矣。"玄宗笑道："妃子以为可心儿，便可抚之为儿。"贵妃闻言，熟视禄山而笑。禄山听了此言，即向贵妃下拜道："臣儿愿母妃千岁！"玄宗笑道："禄山，你礼数差了。欲拜母，先须拜父。"禄山道："臣本胡人，胡俗先母后父。"玄宗闻言，益信其朴诚。自此，禄山见贵妃之美貌，遂怀下个不良的妄念。贵妃见禄山少年雄壮，也就动了个不次用人的邪心。这事按下慢题。

且说其时乃大比之年，礼部移檄各州郡，招集举子来京应试。当时西蜀绵州有个才子，姓李名白，字太白，原系西凉主李暠九世孙，其母梦长庚星入怀而生，因以命名。那人生得天姿敏妙，性格清奇，嗜酒耽诗，自号青莲居士。人见其有飘然出世之表，称之为李谪仙。他不求仕进，志欲遨游四方。一日，闻人说湖州乌程酒极佳，遂不远千里而往，畅饮于酒肆之中，且饮且歌。适州司马吴筠经过，闻歌声遣人询问，他答道：

青莲居士谪仙人，酒肆逃名三十春。
湖州司马何须问，金粟如来是后身。

吴筠闻诗惊喜道："原来李谪仙在此，闻名久矣。"遂请至衙斋相叙，饮酒赋诗，连留几日。忽报吴筠升任京职，遂拉太白同至京师。一日，偶于紫极宫闲游，与少监贺知章相遇，彼此通名道姓，互相爱慕。知章即邀太白至酒楼，解下腰间金鱼，换酒同饮，极欢而罢。到得试期将近，朝廷点着贺知章知贡举，又命杨国忠、高力士为内外监督官，点检试卷，录送主试官批阅。贺知章暗想道："吾今日奉命知贡举，若李太白肯来应试，定当首荐。只是一应试卷须由监督官录送，我今嘱杨、高二人，要他留心照看便了。"于是致意杨、高二人，又托吴筠力劝太白应试。太白被劝不过，只得依言入场。那知杨、高二人，见贺知章来嘱托，只道是受人贿赂，有了关节，却来讨白人情。遂私下相议，专记李白的试卷，偏不要录送。到了考试之日，第一个交卷就是李白。杨国忠见卷面上有李白姓名，便不管好歹，一笔抹倒道："这等潦草的恶卷，何堪录送。"太白欲要争论，国忠骂道："这样举子，只好与我磨墨。"高力士插口道："磨墨也不适用，只好与我脱靴。"喝令左右将太白扶出。太白出场，怨气冲天。吴筠再三劝慰。太白道："若我他日得志，定叫这二人磨墨、脱靴，方出胸中恶气。"这边贺知章在闱中阅卷，中了些真才，只道李白必在其内。及至榜发，李白偏不曾中。心中疑讶，直待出闱，方知其事，心中懊恨，自不必说。

且说那榜上第一名是秦国桢，其兄秦国模中在第五名。二人乃是秦叔宝的玄孙，少年有才，人人称羡。至殿试之日，二人入朝对策，日方午交卷出朝。家人们接着，行至集庆坊。只听得锣鼓声喧，原来是走太平会的。一霎时，看的人拥挤，将他兄弟二人拥散。及至会儿过了，国桢不见了哥哥，连家人们也都不见，只得独自行走。正行间，忽有一童子叫声："相公，我家老爷奉请，现在花园中相候。"国桢道："是那个老爷？"童子道："相公到彼便知。"国桢就随小子走入小巷，进一小门。行不几步，见一座绝高粉墙。从侧门而入，乃见一所大花园。弯弯曲曲，又进了两重门，童子把门紧闭道："相公在此略坐，主人就出来。"说罢飞跑去了。又见石门忽启，走出两个侍女，对国桢笑道："主人请相公到内楼相见。"国桢惊讶道："你主人是谁，如何却叫女使来相邀？"侍女也不答应，只是笑着，把国桢引入石门。只见画楼高耸，楼前花卉争妍。楼上又下来两个侍女，把国桢簇拥上楼。国桢看楼上排设物件，极其华美，却不见主人，忽闻侍女说："夫人来了。"只见左壁厢一簇女侍们拥着一个美人，徐步而出。国桢见了，急欲退避。侍女拥住道："夫人正欲相会。"夫人道："郎君系何等人？乞通姓氏。"国桢惊疑，不敢实说，将那秦字桢字拆开，只说："姓余名贞木，忝列郡庠。方才被一童子误引入潭府，望夫人恕罪。"遂深深一揖。夫人答礼。见国桢仪容俊雅，十分怜爱，便向前伸出玉手，扯着国桢留坐。侍女献茶毕，夫人即命看酒。国桢起身欲告辞。夫人笑道："妾夫远出，此间并无外人，但住不妨。"少顷，侍女排下酒席，夫人拉国桢同坐共饮。国桢道："请问夫人何氏？尊夫何官？"夫人笑道："郎君有缘至此，但得美人陪伴，自是怡情，何劳多问。"国桢微笑，也不再问。两个饮至日暮，继之以烛。国桢道："酒已酣矣，可容小生去否？"夫人笑道："酒兴虽阑，春兴正浓，何可言去。"两人春心荡漾，大家起身，搂搂抱抱，共入罗帐，欢娱一夜。至次日，夫人不肯就放国桢出来，一连留住四五日。那知殿试发榜，秦国桢状元及第。秦国模二甲第一。御殿传胪，诸进士毕集，单单不见了状元。礼部入奏，玄宗闻秦国模即秦国桢之兄，传旨道："弟不可先兄，国桢既不到，可改国模为状元，即日赴宴。"国模奏道："臣弟于廷试日出朝，至集庆坊遇社会拥挤与臣相失，至今不归，臣遣家僮四处寻问，未有踪迹，今乞吾皇破例垂恩，暂缓琼林赴宴期，俟臣弟到时补宴，臣不敢冒其科名。"玄宗准奏，着高力士率员役于集庆坊，挨街挨巷查访状元秦国桢，限三日内寻来见驾。这件奇事，轰动京城，早有人传入夫人耳中。夫人只当作一件新闻，将这话述与秦国桢。国桢又喜又惊，急问道："如今怎么样了？"夫人道："闻说朝廷要将二甲第一秦国模改为状元，国模推辞，奏乞暂宽宴期，待寻着状元然后复旨开宴。"国桢闻言，忙跪下道："好夫人，救我这个。"夫人扶起道："我的亲哥，这为怎的？"国桢就把真名姓说出。夫人听了，把国桢紧紧抱住道："亲哥，你如今是殿元了，我不便留你，只得要与你别了。"一头说，一头泪下。国桢道："夫人不必愁烦，少不得后会有期。但今我这事弄大了，倘朝廷究问起来，如何是好？"夫人想了一想道："不妨，我有一计。"就取一轴画图，展开与国桢看。只见上面画着许多楼台亭阁，又画一美人凭栏看花。夫人指着画图道："你到御前，只说遇一老媪，云奉仙女之命召你，引至这般所在。见这般美人，被他款住所吃的东西，所用的器皿，都是外边绝少的。相留数日，不肯自说姓名，也不问我姓名，今日方才放出。又被他以色帕蒙首，教人扶腋而行，竟不知他出入的门路。你只如此奏闻，包管无事。"国桢道："夫人，我今已把真姓名告知，你的姓氏，也须说与我知道，好待我时时念诵。"夫人道："我夫君亦系朝贵，我不便明言。"说到其间，两人泪下，依依难舍。夫人亲送国桢出门，却不见来时的门径，启一小门而出。看官，你道那夫人是谁？原来他复姓达奚，小字盈盈，乃朝中一贵官的小夫人。这贵官年老无子，又出差在外，盈盈独居于此，故开这条活路，欲为种子计耳。当下国桢出得门来，已是傍晚时候，走过一条街，忽见一对红棍、二三十个军牢，拥着一个骑马的太监，急急行来。未知如何，且听下回分解。

第十八回

纵嬖宠洗儿赐钱　惑君王对使剪发

词曰：

　　痴儿肥蠢，娘看偏奇俊。何意洗儿蒙赐，更阿父能帮兴。
　　不堪娇妒性，暂使离宫寝。一缕香云轻剪，便重得君王幸。

　　却说国桢一时心忙，不觉冲了太监的前导。军牢们呵喝起来，举棍欲打。国桢叫道："啊呀，不要打。"只听得侧首一小巷里，也有人叫道："啊呀，不要打，这是我家状元爷了。"原来马上太监，便是高力士奉旨寻状元。小巷里的人，便是秦家的家僮，正在寻觅，忽见军牢们扭住国桢要打，所以忙叫起来。众人听说，一起拥住。高力士忙下马相见，说道："不知是殿元公，多有触犯，高某那处不寻到，殿元两日却在何处？"国桢道："说也奇怪，不知是遇鬼逢仙，被他阻滞了，今日才得出来，重烦公公寻觅。今欲入朝见驾，还求公公方便。"力士道："此时圣驾在花萼楼，可即到彼朝见。"于是同至楼前。力士先启奏上，玄宗即宣国桢上楼。朝拜毕，问道："卿连日在何处？"国桢依着盈盈所言，婉转奏上。玄宗微微笑道："如此说，卿真遇仙矣。

不必深究。"看官,你道玄宗为何不究?原来杨贵妃有姐妹三人,俱有姿色。玄宗于贵妃面上推恩,姊妹俱赐封号,呼之为姨。大姨封韩国夫人,三姨封虢国夫人,四姨封秦国夫人。诸姨每因贵妃宣召入宫,即与玄宗谐谑调笑。其中唯虢国夫人更风流,玄宗尤与相狎。凡宫中服食器用,时蒙赐赍。又另赐第宅一所于集庆坊。这夫人却甚多情,常勾引少年子弟,到宅中取乐,玄宗颇亦闻之,却也不去管他。那达奚盈盈之母,曾在虢国府中做针线养娘,故备知其事。这轴画图,亦是府中之物,其母偶然携来,与女儿观玩。画上的美人,即虢国夫人的小像。所以国桢照着画图说去,玄宗竟疑虢国夫人的所为,不便追究,那知却是盈盈的巧计脱卸。当下玄宗传旨:"状元秦国桢即刻赴琼林宴。"秦国桢奏道:"昨蒙皇上改臣兄国模为状元,臣兄推辞不就,今乞圣恩,即赐改定,庶使臣不致以弟先兄。"玄宗道:"卿兄弟相让,足征友爱。"遂命兄弟二人,俱赐状元。国桢谢恩赴宴。内侍赍两副宫袍金花,至琼林宴上宣赐。秦家昆仲好不荣耀。次日,两状元率诸新贵,赴阙谢恩。奉旨:国模、国桢俱为翰林承旨。其余诸人,照例授职。那秦国模为人刚正,他见贵妃擅宠,杨氏势盛,禄山放纵,宫阙不谨,因激起一片嫉邪爱主之心,便与其弟连名上一疏,谓朝廷爵赏太乱,女宠太盛。又道安禄山本一塞外健儿,宜令效力边疆,不可纵其出入宫闱,致滋物议。疏上,玄宗不悦,乃降旨道:"秦国模、秦国桢越职妄言,本当治罪,念系功臣后裔,新进无知,姑免深究,着即致仕去;今后如再有渎奏者,定行重处。"此旨一下,朝臣侧目,莫敢再言。时奸相李林甫,奸狡异常。心中虽忌杨国忠,外貌却与和好。又能揣知安禄山之意,微辞冷语,说着他心事,使之惊服;却又以好言抚慰,使之欣感。因而朋比作奸,迎合君心,以固其宠。杨贵妃乘间与安禄山私通。自此,禄山肆横无忌。玄宗又命安禄山与杨国忠兄妹结为眷属,赐赍甚厚,一时贵盛无比。

一日,禄山生日,杨家兄弟设宴称庆,玄宗与杨妃,俱有赐赍。

过了两日，禄山入宫谢恩。御驾在宜春院，禄山朝拜毕，便欲叩见母妃。玄宗道："妃子适间在此侍宴，今已回宫，汝可自往见之。"禄山奉命，遂至杨妃宫中。时杨妃侍宴而回，正在半醉。见禄山来拜谢，口中自称孩儿，杨妃因戏道："人家养了孩儿，三朝例当洗儿。今日是你生日，三朝了，我当从洗儿之例。"于是乘着酒兴，叫内监宫女们都来，把禄山脱去衣服，用锦缎浑身包裹做襁褓一般。登时结起彩舆，把他坐于舆中，使宫人舁之，绕宫游转，一起喧笑。玄宗闻喧笑之声，问左右："后宫何事？"左右以贵妃洗儿对。玄宗遂亲至后宫观看，共为笑乐。赐杨妃银钱、金钱各十串为洗儿钱，尽欢而罢。

却说梅妃江采萍，独居上阳宫十分寂寞，不胜悲伤。怨恨杨妃之心，每每形于言语。有一宫娥报知杨妃，杨妃大恨，气愤愤来奏道："梅精采萍，辄敢宣言怨恨，宜即赐死。"玄宗默然不答。杨妃见玄宗不肯把梅妃处置，心中好生不乐，侍奉间常使性儿，不言不语。一日，玄宗宴诸王于内殿，诸王请见妃子。玄宗召来，与诸王相见毕，坐于别席。酒半，宁王吹紫玉笛为念奴和曲。既而宴罢，诸王谢恩退出，玄宗暂起更衣。杨妃见宁王所吹的紫玉笛儿在御榻上，便取来按着腔儿吹弄起来。玄宗适出见之，戏笑道："汝亦自有玉笛，何不把来吹。此笛是宁王的，他才吹过，口泽尚存，汝何得便吹！"杨贵妃闻言，把笛放下，说道："宁王吹过已久，妾即吹之，谅亦不妨。还有人双足被人勾踹，以致鞋帮脱绽，陛下也置不较，何独苛责于妾。"玄宗因他酷妒梅妃，又见连日意态蹇傲，心下有些不悦。今日酒后与他戏言，他反出言不逊，又牵扯着梅妃的旧事，不觉大怒道："阿环何敢如此无礼！"遂起身入内，着高力士即刻送他还杨家去，不许入侍。此时杨妃大惊，欲面谢求哀，又恐盛怒之下祸有不测。况已奉旨，不许入侍，无由进见。只得含泪出宫，来至杨国忠家，诉说其故。杨家兄弟姊妹，吃惊不小，相对涕泣。安禄山欲进一言相救，恐涉嫌疑，不敢轻奏，无计可施。那时，玄宗把杨妃逐回，便觉宫闱寂寞，欲再召梅妃奉侍。不想他因闻杨妃欲谮杀之，心中懊恨，染成一病，正在卧床不能起。玄宗寂寞不过，焦躁异常，内监宫女多遭鞭挞。高力士微窥上意，乃私语国忠道："若欲使妃子复入宫，须得外臣奏请为妙。"时有法曹官吉温，为玄宗所亲信。杨国忠求他救援，许以重赂。吉温乃于便殿从容进言曰："贵妃无识，有忤圣意。但向既蒙恩宠，今即使其罪当死，亦只合死于宫中。陛下何惜宫中一席之地，而忍令辱于外乎。"玄宗闻言首肯。及退朝还宫，左右进膳，玄宗命内侍霍韬光，撤御前玉食，赍至杨家赐杨贵妃。杨贵妃谢恩讫，因涕泣道："妾罪该万死，蒙圣主洪恩遣放，未即就戮。然妾向荷荣宠，今当即死，亦无以谢上。妾思发肤为父母所生，请以一茎，聊申万感。"遂引刀自剪其发一绺，付霍韬光道："为我献上皇爷，妾从此死矣，幸勿复劳圣念。"韬光领诺，随即回宫复旨，备述所言，将发儿献上。玄宗大为惋惜，即命高力士以香车乘夜召杨妃回宫。杨妃毁妆入见，拜伏谢罪，更无一言，唯有呜咽涕泣。玄宗大不胜情，亲手扶起，唤女侍为之梳妆更衣，温言抚慰。是夜同寝，愈加恩爱。未知后来如何酿祸，且看下回分解。

第十九回

谪仙应诏答番书　力士进谗议雅调

　　今且不说杨妃复入宫中，酿祸启乱。且说那时有一番国，名渤海国，遣使前来，却没有方物上贡，只有国书一封，欲入朝呈进。贺知章询其来意，番官答道："国王致书之意，使臣不得而知。候中朝天子启书观看，便知分晓。"知章引番使入朝面圣，呈上国书。玄宗命番使且回馆驿候旨，着值日宣奏官将番书拆开宣奏。那日是侍郎萧炅值日。当下萧炅把番书拆开看，吃了一惊。见那书上写的字，尽是奇形异迹，一字不识。只得叩头奏道："番书字迹，起皆如蝌蚪之形，臣愚不能辨识，伏候圣裁。"玄宗召李林甫、杨国忠一起上前取看，也一字不识。又传示文武官员，并无一人能识。玄宗怒道："堂堂天朝，济济多官，如何一纸番书，竟无人能识，可不被小邦耻笑。限三日内，若无回奏，在朝大小官员，一概罢职。"是日，各官闷闷而散。贺知章回到家中，郁郁不乐。那时李白正寓居贺家，见知章纳闷，问其缘故。知章把前事述了一遍。李白微笑道："番字亦何难识，惜我不为朝臣，未见此书耳。"知章大喜道："太白果能辨识番书，我即当奏闻。"李白笑而不答。次日早朝，知章出班奏道："臣有一布衣之友，系西蜀人，姓李名白，博学多才，能辨识番书，乞陛下召来，以书示之。"玄宗准奏,遣内侍召李白见驾。李白对天使拜辞道:"臣乃贱士,学识浅陋,文字不足以入朝贵之目,何能仰对天子。臣不敢奉诏。"内侍以此言回奏。知章复启道:"臣知此人,文章盖世。只因去年入试,被外场官抹落卷子,不与录送,未得一第。今日布衣入朝,心怀惭愧,故不即应召。乞陛下特恩赐以冠带,更遣一朝臣往宣,乃见圣主求贤至意。"玄宗准奏,即赐李白以五品冠带朝见。着贺知章速往宣来。知章奉旨,到家宣谕李白。李白不敢复辞,即穿了御赐冠带,与知章乘马同入朝中。三呼朝拜毕,玄宗见李白一表人才,满心欢喜道:"卿高才不第,诚可惋惜,然朕自知卿可不至于终屈也。今者番国遣使上书,其字迹怪异,无人能识。卿多闻广见,必能为朕辨之。"便命侍臣将番书付李白观看。李白接来,看了一遍启奏曰:"番字各不相同,此渤海国之字也。但旧制番国上表,遵依中国字体。今渤海国不具表文,竟以国书,非礼太甚。"玄宗道:"他书中何言?卿可宣读。"李白于御座前将唐音译出,高声朗诵道:

渤海大可毒,书达唐朝官家:自你占却高丽,与俺国逼近,边兵屡次侵犯疆界。今差官赍书来说,可将高丽一百七十六城让与俺国,俺有好物相送。太白山之兔,湄泥河之鲫,扶余之鹿,鄚颉之豕,率宾之马,沃川之绵,九都之李,乐游之梨,你官家各都有份。一年一进贡。若还不肯,俺即起兵来厮杀,且看谁胜谁败。

玄宗听了,龙颜不悦道:"番邦无状,欲争占高丽,将何以应之?"李白奏道:"臣料番王谩辞渎奏,不过试探天朝之动静耳。明日可召番使入朝,命臣面草答诏,亦用彼国之字示之。诏语恩威并著,慑伏其心,务使可毒拱手降顺。"玄宗大悦,因问:"可毒是彼国王之名耶?"李白道:"渤海国称其王曰可毒,犹之回纥称可汗,吐蕃称赞普,各从其俗也。"玄宗大喜,即擢李白为翰林学士,赐宴于金华殿中,叫乐工侑酒。众官见李白恁般隆遇,无不叹羡。只有杨国忠、高力士二人不乐。次日,玄宗升殿,百官齐集。贺知章引番使入朝候旨。李白对番使道:"小邦上书,词语悖慢,殊为无礼,本当诛讨,今我皇上圣度,姑置不较,有诏批答,汝宜静候。"番使恐惧,立于阶下。玄宗命设文几于御座之旁,铺下文房四宝,赐李白坐绣墩草诏。李白奏道:"臣所穿靴不净,恐污茵席,乞陛下宽恩,容臣脱靴易履而登。"玄宗便传旨,将御用的云锁朱履着内侍与学士穿着。李白叩头道:"臣前应试,遭右相杨国忠、太尉高力士斥逐。今见二人列班,臣气不旺。况臣今日奉命草诏,口代天言,宣谕外国,事非他比。伏乞圣旨,着国忠磨墨,力士脱靴,以示宠异,庶使远人不敢轻视诏书,自然声服。"玄宗此时,正在用人之际,即准所奏。国忠、力士暗想:"前日科场中轻薄了他,今日乘机报复。"心中虽恨,却不敢违旨,只得一个与他脱靴换鞋,一个磨墨侍立相候。李白欣然就座,举起兔毫,手不停挥,草成诏书一道。另别纸一副,写作副封,一并呈于龙案。玄宗览诏大喜,及取副封一看,啧啧称奇。原来那字迹与那来书无异,一字不识。传与众官看了,无不骇然。玄宗命李白宣示番使,然后用宝入函。力士仍与换靴,李白下殿。呼番使听诏,将诏书朗读。诏曰:

  大唐皇帝,诏谕渤海可毒:本朝应运开天,抚有四海,恩威并用,中外悉从。凡诸远邦,毕献方物,莫敢不服。昔高丽拒命,天讨再加;传世九百,一朝殄灭。岂非逆天之明鉴欤!况尔小国,高丽附庸;比之中朝,不过一郡;士马刍粮,万不及一。若螳臂自雄,鹅痴不逊,天兵一至,玉石俱焚。今,朕体上天好生之心,恕尔狂悖;急宜悔过,勤修岁事,毋取诛戮。尔所上书,不遵天朝书法;盖因遐荒,未睹中华文字。故兹答诏,另赐副封,即用汝国字体,想宜知悉。

李白宣读毕,番使叩头受诏,辞朝而去。回至本国见了国王,备述前事。那可毒看了诏书及副封番字,大惊。与国相商议,天朝有神仙帮助,如何敌得。遂写降表,遣使入朝谢罪,按期朝贡,不敢复萌异志。此是后话。

且说玄宗欲加李白官爵并赐金帛。李白俱辞不受道:"臣愿逍遥闲散,供奉左右,如汉东方朔故事。且愿日得美酒痛饮足矣。"玄宗乃诏光禄官,日给与上方佳酝,听其到处游览。是时宫中沉香亭下,牡丹花盛开,玄宗命设宴亭中,同杨妃赏玩。忽见乐工李龟年引梨园子弟前来承应。叩拜毕,便待奏乐唱曲。玄宗道:"且住,今日对妃子赏名花,岂可复用旧乐。"即着李龟年:"将朕所乘玉花骢马,速往宣李白学士,来作新词庆赏。"龟年奉旨出宫,牵了玉花骢,自己也骑了马,一径到翰林院来宣召李白。只见院中人役回说,李学士已于今早微服往长安市酒肆里吃酒去了。龟年便叫院中人拿了他的冠带袍服,一同寻至市中。听得一座酒楼上,有人高歌道:

三杯通大道,一斗合自然。
但得酒中趣,莫为醒者传。

龟年听了道:"这歌就是李学士了。"遂下马入肆,走上楼来。

只见李白吃得酩酊大醉,犹持杯不放。龟年上前高声说道:"奉圣旨立宣李学士至沉香亭见驾。"李白放下酒杯,向龟年念一句陶渊明的诗道:"我醉欲眠君且去。"念罢瞑然欲睡。龟年叫众人上前将李白扶下楼,搀上玉花骢马。众人左右扶持,到得五凤楼前。有内侍传旨,赐李白走马入宫。龟年叫把冠带袍服就马上替他穿了,走至沉香亭前,搀扶下马,醉极不能朝拜。玄宗命铺紫氍毹于亭畔,且叫少卧。亲往看视,解御袍复其体。杨妃道:"妾闻冷水沃面,可以解醒。"乃命内侍取水,含而噀之。李白睡梦中惊动,略开双目,见是御驾,方挣扎起来,俯伏于地道:"臣该万死。"玄宗见他尚未苏醒,命扶起赐坐。遂叫御厨将越国所贡鲜鱼鲊造三份醒酒汤来。须臾,内侍以金碗盛鱼汤进上。玄宗赐李白饮之,顿觉心神清爽,叩头谢恩。玄宗道:

"今日召卿，别无甚事。"指着亭下道："只为这牡丹盛开，朕与妃子赏玩，欲卿来作新词耳。"李白领命，即赋《清平调》三章呈上。

> 云想衣裳花想容，春风拂槛露华浓。
> 若非群玉山头见，会向瑶台月下逢。
> 一枝浓艳露凝香，云雨巫山枉断肠。
> 借问汉宫谁得似？可怜飞燕倚新妆。
> 名花倾国两相欢，常得君王带笑看。
> 解释春风无限恨，沉香亭北倚栏杆。

玄宗看了大喜道："学士真仙才也！三诗清新俊逸，又将花容人面一起写尽，妙不可言。今番歌唱，妃子也须相和。"乃命念奴同声而歌，玄宗自吹玉笛和之。和罢，又令李龟年与梨园子弟将三调再叶丝竹，重歌一转，为妃子侑酒。及曲既终，杨妃再拜称谢。玄宗笑道："莫谢朕，可谢李学士。"杨妃乃把盏斟酒敬李白，敛衽谢其诗意。李白跪饮酒讫，顿首谢赐。自此李白才名愈著。玄宗、杨妃皆爱而重之。那高力士深恨脱靴之辱，欲进谗言，未得其便。怎想他《清平调》中一个破绽，即走入宫来，见杨妃独自凭栏微吟《清平调》，点头得意。力士因密奏道："老奴初意，娘娘闻此词，怨之刻骨，何反拳拳如是？"杨妃忙问其故。力士道："他说'可怜飞燕倚新妆'，是把飞燕比娘娘。试想那赵飞燕当日所为何事，却以相比，极其讥刺，娘娘岂不觉乎？"原来玄宗阅《赵飞燕外传》，见说他体态轻盈临风而立，常恐被风吹去，因戏语杨妃道："若汝则任吹多少。"盖嘲其肥也。杨妃最恨人说他肥，李白偏以赵飞燕相比，心中正喜。今听高力士说是暗指飞燕私通之事，合着他私通安禄山，以为讥刺，于是变喜为恨。遂于玄宗面前说李白纵酒狂放，无人臣之礼。杨国忠亦以磨墨为耻，也常进谗言。玄宗虽爱李白，因宫中不喜欢他，遂不召他内宴。李白知为小人中伤，便上疏乞休。未知如何，且听下回分解。

第二十回

逍遥学士识英雄　　误用番人作藩镇

却说李白上疏乞休,玄宗爱其才,温旨慰谕,不允所请。李白又恳恳切切再上辞官乞归之疏。玄宗知其去志已决,召至御前,面谕道:"卿心欲舍朕而去,未便强留。但卿草诏平番,有功于国,岂可空归。然朕知卿必无所需,所不可缺者,酒耳。"遂亲写敕书赐之。敕云:

> 敕赐李白为逍遥学士,所到之处,官司支给酒钱,文武官员军民等,毋得怠慢。倘遇有事,当上奏者,仍听具疏奏闻。

李白拜受敕命,谢恩辞朝,收拾行装,别众僚友,带领仆从,出京而去。李白不即回乡,只向幽燕一带有名山胜景的所在,任意行游饮酒题诗,好不适意。一日,行至并州界上,见一伙军牢,押一辆囚车前来。李白看那囚车中,囚着一个汉子,仪容甚伟,相貌非常。原来,这囚徒姓郭名子仪,华州人氏,为陇西节度使哥舒翰麾下偏将,因奉军令,查视兵粮,却被手下人失火,把粮米烧了,罪及于主,法当处斩。时哥舒翰出巡在并州,因此,军政司把他解赴军前正法。当下李白见他相貌堂堂，便勒马问是何人？犯何罪？解往何处？子仪在囚车中诉说原由。李白想道："这人恁般仪表，定是个英雄。今天下方将多事，此等人正是有用之人，岂容轻杀。"便吩咐众人："汝等到节度军前，且莫就解进，待我亲见节度，替他说情免死。"众人应诺。李白遂飞马跑到哥舒翰驻扎之所，叫从人把名帖传与门官。哥舒翰听说李学士来拜，即开门延入。宾主叙坐，献茶毕，李白自述来意，要求释子仪之罪。哥舒翰听罢，沉吟半晌道："学士公见教，本当敬从。但学生平时赏罚必信，今子仪失火，烧了兵粮，法所难贷。且事关重大，理合奏闻，未便释放。奈何？"李白道："既如此，学生不敢阻挠军法，只求缓刑。节度公自具疏请旨，学生原奉圣上手敕，听许飞章奏事。今亦具一小疏，代为乞命。"哥舒翰欣然道："若如此则情法两尽矣。"遂传令将子仪收禁，候旨定夺。遂具疏题请，李白亦即缮疏，极言郭子仪雄才可用，失火烧粮，乃仆夫不谨，实非其罪，乞赐矜全，留为后用。自己暂留于并州公馆候旨，哥舒翰设宴款待。不则一日，圣旨批下，准学士李白所奏，将失火仆人正法，赦郭子仪之罪，许其立功自效。子仪既获赦，感激李白活命之恩。李白别了哥舒翰等众官，自往别处去了。自此郭子仪得以军功渐为显官。此是后话。

且说朝中自李白去后，贺知章也告休致去了。左相李适之因与李林甫有隙，罢相而归。林甫陷以他事，逼之自尽。林甫倚着天子信任，手握重权，安禄山亦甚畏之。时杨家兄弟姊妹，骄奢肆横，日甚一日。杨国忠与韩、虢、秦三个夫人，原不是真兄妹，乃是张昌宗之子寄养于杨家者。三夫人中虢国夫人尤为淫荡，所居宅院与国忠的宅院相连，往来最便，遂与国忠通奸。安禄山亦乘间与虢国夫人有私，国忠闻知，遂恨禄山切骨。时于言语之间，隐然把他私通贵妃之事，为危词以恐吓之。又常密语杨妃，说禄山行动不谨，万一天子知道了些什么，为祸非小。杨妃闻言，也心怀疑惧。一日，玄宗于昭庆宫闲坐，禄山侍坐于侧，见他腹垂过膝，因戏道："此儿腹大，不知其中何物？"禄山道："此中并无他物，唯有赤心耳。"玄宗大悦。少顷，问内侍："妃子可在？"内侍道："在后宫坐兰汤洗浴。"玄宗微笑道："美人新浴，正如出水芙蓉也。"命人即宣妃子来，不必更梳妆。少顷，杨妃懒妆便服而至，更觉风艳。玄宗看了笑道："适有外国进贡异香花露，取来赐与杨妃。"叫他对镜匀面，自己移坐于镜台旁观之。杨妃匀面毕，将余露染掌扑臂，不觉双乳露出。玄宗见了，说道："妙哉！软温好似新剥鸡头肉。"禄山在旁，不觉失口道："滑腻还如塞上酥。"禄山说了，自知出言唐突。杨妃亦骇其失言。玄宗全不在意，反喜道："堪笑胡儿只识酥。"说罢，呵呵大笑。禄山、杨妃也笑起来。玄宗并无猜疑。但杨妃已先为国忠危言所动，只恐弄出事来。

自此以后，每见禄山，暗叫他言语缜密，出入小心。禄山晓得国忠嗔怪他，恐为所算。又惧李林甫能窥察人之隐微，若杨、李二人合算他一个，老大不便，不如讨个外差暂避罢了。那国忠暗想："禄山将来必与我争权，切不可留他在京，须设个法弄他到边方去为是。"恰好李林甫上疏，请用番人为边镇节度使。原来唐时边镇节度使都是有才略的文臣，若有功绩，便可入为宰相，今林甫专权，欲绝边臣入相之路，奏称："文臣为边帅，怯于矢石，无以御侮，不若任用番人，勇而善战，可为国家捍卫。"玄宗允奏。国忠乘此机会，就上疏说河东重地，非安禄山不足以当此任。玄宗览疏，深以为然，遂降旨以安禄山为平卢、范阳、河东三镇节度使，赐爵东平郡王，克期走马赴任。禄山闻命，倒也合着他的意思，叩头领旨。即日入宫，拜辞杨妃，两个依依不舍。适三位夫人也入宫来，禄山各各相见。虢国夫人闻知禄山远行，甚为怏怏，然无可如何。禄山不敢久留，告辞出宫。玄宗又赐宴于便殿。禄山谢恩过了，辞朝赴镇。既至任，查点军马钱粮，训练士卒，坐镇范阳，兼制平卢、河东，声势强盛，日益骄恣。未知后来如何，且看下回分解。

第二十一回

幻作戏屏上婵娟　小游仙空中音乐

　　却说杨国忠乘机遣发安禄山出去，少了个争权夺宠之人。眼前只让李林甫一个，遂骄奢淫逸，也不怕人嗔恨，也不管人耻笑。时值上巳，国忠奉旨，与其弟杨铦及诸姊妹，齐赴曲江修禊。于是五家各为一队，姬侍女从不计其数，乘马驾车不用伞盖遮蔽，路旁观者如堵。国忠与虢国夫人并辔扬鞭，以为谐谑。直游至晚，秉烛而归。遗簪坠舄，遍于路衢。到了次日，俱入宫谢恩。玄宗赐宴内殿，国忠奏道："臣等奉旨修禊，正为圣天子迎祥迓福。昨赴曲江，威仪美盛，万姓观瞻，众情欣悦，具见太平景象。臣等不胜庆幸。"玄宗大喜，取出内府珍玩颁赐诸人。赐韩国夫人照夜玑，赐虢国夫人锁子帐，赐秦国夫人七叶冠。杨妃奏道："陛下宝屏赐妾，屏上雕刻前代美人容貌，以妾对之，自觉形秽。今请转赐妾兄国忠何如？"玄宗准奏，即以此屏赐国忠。原来这屏，名为虹霓屏，乃隋朝遗物。屏上雕镂前代美人的形象，宛然如生，各长三寸许，水晶为地，其间服玩衣饰之类，都用众宝嵌成，极其精巧。国忠谢恩拜受，将屏安放在内宅楼上。

　　一日，国忠独坐楼上，看屏间众美人，想道："世间岂真有此等尤物，我若得此一人，便为乐无穷矣。"正想间，不觉困倦，因就榻上偃卧。才伏枕，忽见屏上众美人，个个摇头动目，都走下屏来，顿长几尺，宛如生人，直来卧榻前，一一自称名号。国忠虽睁着眼看见，却是身体不能动，口中不能言。诸女各以椅列坐。少顷，有纤腰倩妆女妓十余人，亦从屏上下来，遂联袂而歌，其声极清细。歌罢，诸女皆起，指着国忠骂道："汝名为相，实乃误国鄙夫，何敢亵玩我等，又辄作妄想，可恶可恶！"一女笑道："此奴将来受祸不小，吾等何必与较，且去且去。"于是一一复归屏上。国忠方才如梦忽醒，吓得冷汗浑身。急奔下楼，叫家人将屏掩过，锁闭楼门。自此，每当风清月白之夜，即闻楼中隐隐有女人歌唱之，家中人无敢登此楼者。国忠入宫，密将此事奏知，只隐过了美人责骂之言。玄宗道："待朕问通玄先生和叶尊师，便知是何妖祥。"

你道通玄先生和叶尊师是谁？原来玄宗最好神仙，于是方士竞进。有人荐方士张果是当世神仙，因礼召至京，拜为银青光禄大夫，赐号通玄先生。又有人荐方士叶法善有奇术，善符咒，亦礼召来京，称为尊师。其他方士甚多，唯此二人最著名。当下玄宗将国忠所言屏上美人出现之说问之。张果道："妖由人兴。此必杨相看中了屏上娇容，妄生邪念，故妖孽应念而作。叶师治之足矣。"叶法善道："凡宝物易为精怪，臣当书一符焚于屏前以镇之。今后观此屏者，勿得玩亵。每逢朔望，用香花供奉，自然无患。"言讫，书灵符一道。玄宗遣内侍赍付国忠，且传述二人之言。

国忠闻说妖由邪念而生，不觉凛然。遂登楼展屏，将符焚化。自此以后，楼中安静，绝无声响。至朔望瞻礼时，见屏上众美人，愈加光彩夺目。玄宗闻知，愈信叶法善之神术。一日私问法善道："张果先生，道德高妙，朕常询其生平，但笑而不答何也？"法善道："他在唐尧时，曾官为侍中。苦其出处履历，唯臣知之，但不敢轻言，言则俱有祸及。"玄宗道："尊师神仙中人，何惧有祸，幸勿托词隐秘。"法善沉吟道："陛下必欲臣言，臣今言之必立死。陛下幸怜臣，可立召张先生来，不惜屈体求之，臣庶可复生。"玄宗许诺。法善请屏退左右，密奏道："他是混沌初分时白蝙蝠精也。"言未已，忽口吐鲜血，昏厥于地。玄宗急唤内侍，召张果入宫见驾。少时，张果携杖而至。玄宗迎接道："叶尊师得罪于先生，皆朕之过。朕今代为之请，幸看薄面恕之。"言讫，便欲屈膝下去。张果忙扶定道："何敢劳陛下屈尊。但小子不当饶舌耳。"遂以手中杖，连击法善三下道："可便转来。"只见法善蹶然而醒，即时站起，向玄宗谢恩，随向张果谢罪。张果道："吾杖不易得也。"玄宗大喜，各赐茶果而退。

时至上元之夕，玄宗于内廷，高结彩楼，张灯饮宴，不召外臣陪饮，只召张、叶二人。张果偶他往未至，法善先来，玄宗赐坐共饮。一时灯月交辉，歌舞间作，十分欢畅。玄宗道："此间灯事，可谓盛矣！他方安能有此？"法善举目四下一看，用手向西指道："西凉府城中，今夜灯事极盛，不亚于京师。"玄宗道："西凉灯事既盛，尊师有何法，能使朕一见否？"法善道："陛下欲见不难，臣当奉陛下御风而往，转回不过片时。"玄宗欣然愿往。法善请玄宗更衣。玄宗命小内侍二人同换衣服，俱立庭中，法善叫都闭目，只觉两足腾起，如行霄汉中。少顷，脚已着地，耳边但闻人声喧闹。法善叫请开眼。玄宗开目一看，见彩灯绵亘数里，观灯之人往来杂沓。心中大喜，到处观玩。因问法善道："尊师得非幻术乎？"法善道："陛下若不信，请留征验。"遂问内侍身边有何物件，内侍道："有皇爷小玉如意在此。"法善乃引玄宗入酒肆共饮。须臾饮讫，即以玉如意暂抵酒价，要店主写了一纸手照，约几日遣人来赎。出了店门，步至城外，仍叫各闭双眼，腾空而还，直到殿庭落地。席上所燃灯烛，犹未及半。忽左右来奏："张果先生到。"玄宗即时延入。张果道："臣适往广陵访一道友，不意陛下见召，以致来迟。"玄宗道："广陵此去甚远，先生往来何速？"张果笑道："陛下适间驾幸西凉，往来俄顷，亦何尝不速。"玄宗道："此皆叶尊师之神术也。先生适从广陵来，广陵亦兴灯事否？"

张果道："广陵灯事极盛，陛下若有余兴，至彼一观何如？"玄宗喜道："如此甚妙。"张果道："臣此行不须腾空御风，亦不须游行城市。臣有小术，可上不至天，下不着地，任凭陛下玩赏。"玄宗道："此更奇妙。"

张果请玄宗与高力士并伶工数人，各换华美衣服。张果解下腰间丝绦，向空一掷，化成一座彩桥，自殿庭直接云霄。张果与法善前导，引玄宗上桥，高力士及伶工等俱从。行不上百步，张果说："陛下请止步，已至广陵矣。"遂与玄宗及高力士等立于桥，上观天汉，月明如昼；低头下视，见广陵城中灯火之多，不减于西凉。那些看灯的女士们，忽见空中有五彩云，拥着一簇人，衣冠华丽，疑是星官仙子出现，都向空瞻仰叩拜。玄宗大喜。法善请敕伶工奏霓裳羽衣一曲。奏罢，张果、法善仍引玄宗与众人于桥上步回。才步下桥，张果把袖一拂，桥忽不见。只见张果手中原拿着一条丝绦，仍把来系于腰间，众皆惊异。玄宗道："先生神术，真乃奇妙。"张果道："此仙家游戏小术，何足多美。"玄宗命赐酒，直饮到天晓。未知后事如何，再看下回分解。

第二十二回

公远预寄蜀当归　禄山请用番将士

却说玄宗，过了元宵即密遣使者，将西凉府酒店主人写的手照，到彼取赎玉如意。却果然赎了回来，乃信元夜之游，是真非幻。过几日，广陵地方官上疏奏称："本地于正月十五夜二更后，天际忽视五色祥云，云中仙灵历历可睹，又闻仙乐嘹亮，迥非人间声调，此诚圣世瑞征，合应奏报。"玄宗览疏，暗自称奇，不明言此事，只批个"知道了"。

原来这《霓裳羽衣曲》，乃玄宗于开元间尝梦游月宫，见有仙女数十，素练宽衣，歌舞于广庭，声调佳妙，因问此为何曲，答道，名为《霓裳羽衣曲》。玄宗梦中密记其中声调，及醒来，犹一一记得，遂指示乐工，谱成此曲。果然不是人间声调也。玄宗益信二人为神仙。又闻张果每出，必乘一白驴，其行如飞。及归，便把此驴摺叠如纸，置于巾箱中，欲乘，则以水噀之，依旧成驴。玄宗愈奇其术。自此，益好神仙。那些方士，亦益进一日。

鄂州守臣上疏，荐方士罗公远，广有神术。那罗公远不知何处人，亦不知何代人。其容貌常如十六七岁一孩子，到处闲游。一日，游到鄂州，恰值本州官府因天时亢旱，延请僧道于社坛内启建法事，祈求雨泽。人丛中有穿白衣的人，在那里闲看。其人身长丈余，顾盼非常，众皆瞩目。适罗公远至，见了那人，怒且咄嗟道："这等亢旱，汝何不去行雨济人，却在此闲行。"那人拱手道："不奉天符，无处取水。"公远道："汝但速行，吾当助汝。"那人应诺而去。众人惊问："此是何人？"公远道："此乃本地水府龙神，吾敕令行雨救旱。奈未奉上帝之命，不敢擅自取水。吾今当以滴水助之，救济此处的禾稻。"言讫，看见那僧道诵经的桌上，有一方大砚，因才写得疏文，砚池中积有墨水。公远上前，把口向砚池中一口吸起，望空一喷，喝道："速行雨来！"只见霎时间日掩云腾，大风顿作，暴雨骤至，落了半晌，约有尺余，方才止息。却也奇怪，那雨落在地上，沾在衣上，都是墨黑的。原来龙神凭仗仙力，就这口墨水化作雨泽，以救亢旱，故雨色皆黑。当下人人诧异，问了公远姓名，簇拥去见本州太守，具白其事。太守欲酬以金帛，公远笑而不受。太守道："天子尊信神仙，君既有道术，吾当荐引至御前，必蒙敬礼。"公远道："吾本不喜遨游帝廷，但闻张、叶二仙在京师，吾亦欲一识其面，今乘便往见之亦可。"于是太守具疏，遣使送公远来到京中。

　　使者将疏章投进，玄宗览疏，即传旨召见。那日玄宗坐庆云亭上，看张果与叶法善对弈。内侍引公远入来，将至亭下，玄宗指向张、叶二仙道："此鄂州送来异人罗公远。"张、叶二人举目一看，遥见公远体弱颜嫩，宛如小儿，都笑道："孩提之童，有何知识，亦称异人。"公远行至亭下，玄宗敕免朝拜，命升阶赐座，因指张、叶二人道："卿识否？此即张果先生、叶法善尊师也。"公远道："闻名未曾谋面。"张、叶二人笑道："小辈固当不识我。"公远道："二师待人简傲，仆之不相识，亦未足为恨也。"张果笑道："吾且不与子深谈。人称子为异，当必有异术，吾今姑以极浅之技相试，倘能中窍，自当刮目。"便与法善各取棋子几枚握于手中，问道："试猜我二人手中棋子各几枚？"公远道："都无一枚。"二人大笑，开手来看，竟一枚也不见了。只见公远伸出两手，棋子满把，笑道："棋在吾手矣。二位老仙翁遇着小辈，直叫两手俱空。"张、叶二人大惊异，各起身致敬。玄宗大喜，即时赐宴，给以冠袍，又赐邸第，称为罗仙师。过了几日，张果、法善具疏坚请还山，说："罗公远道术殊胜臣辈，留彼在京，足备陛下咨访。臣等出山已久，思归念切，乞赐放还。"玄宗知其归志已决，准许暂还，候再宣召。二人谢恩出京。凡天子所赐，及各官所赠之物，一无所受，飘然而去。自此在京方士，只有罗公远为玄宗所尊信。时常召见，叩问长生不死之方。公远道："长生无方，只清心寡欲，便可却病延年。"玄宗勉从其说，或时独处一宫，妃嫔不御。后廷宴会，比前也略稀疏，杨妃甚不喜欢。时值中秋，玄宗不召嫔妃，独与公远对月闲谈。说起昨岁元宵，与张、叶二师腾空远游，甚是奇异，因问："仙师亦有此术否？"公远道："此亦何难。陛下昔年曾梦游月宫，却不曾亲身目睹。臣今请陛下亲见月宫之景可乎？"玄宗大喜。公远即起身，向庭前桂树上折取数枝，用彩线相结，置于庭中，吹口气化作一乘彩舆，请玄宗升舆腾空而起，直入霄汉。公远在空中紧紧相随，叫玄宗只把眼望着月，不可回顾。转瞬间，已近月宫。玄宗凝眸观望，见月中宫殿重重，门户洞开，里面琪花瑶草，映耀夺目，远胜昔年梦中所见。玄宗道："可入去否？"公远道："陛下虽贵为天子，却还是凡躯，未容遽入，只可在外观瞻。"少顷，只闻得异香氤氲，一派乐声嘹亮。仔细听之，正是《霓裳羽衣曲》。玄宗道："人言月里嫦娥，美貌无比，今可使朕得见乎？"公远道："昔穆天子与王母相会，夙有仙缘故也。陛下非此之比，今得瞻宫殿，已是奇福，岂可妄生轻亵之念。"言未已，忽见月中门户尽闭，光彩四散，寒风袭人。公远急叱白鹿，驾转彩舆。少顷，冉冉至地，只见彩舆仍化为桂枝，白鹿亦不见，如意仍在公远手中。

　　玄宗又惊又喜。公远告辞回寓，玄宗还独坐呆想，啧啧称异。内监辅璆琳道："此幻术惑人，何足惊叹。"玄宗道："就是幻术，朕亦要学其一二，以为娱乐。"璆琳道："幻术中唯隐身法可学，皇爷若学得隐身法，便可暗察内外人等机密之事。"玄宗喜道："汝言是也。"次日，召公远入宫，告以欲学隐身法之意。公远道："隐身法乃仙家借以避俗情缠扰，或遇意外之事，聊用此法自全耳。陛下以一身为天下之主，正须向阳而治，学此隐身何用。"玄宗道："朕学此法，亦借以防身耳。"公远道："陛下尊居万乘，时际太平，车驾所至百灵呵护，有何不虞。若学得此法定将怀玺入人家，为所不当为。万一更遇术士能破此法者，那时陛下之身危矣。"玄宗道："朕学得此法，只于宫中为之，决不轻试于外，幸即相传，万勿吝教。"公远当不过他再三恳求，只得将符咒秘诀，一一传与，并教以学习之法。玄宗大喜，便就宫中如法学习。及至习熟试演，始则尚露半身，既而全身俱隐，但终不能泯然无迹。或时露一履，或时露冠髻，或时露衣裾，往往被宫人觉着，个个含笑。玄宗又召公远入宫问道："同此符咒，如何自朕做来，独不能尽善？"公远道："陛下以凡躯而遽学仙法，安能尽善。"玄宗因演法不灵，宫人窃笑，已是惭愧。又见公远对着众人，说他是凡躯，好生不悦。想是不肯尽传其秘，遂拂衣而入，传命公远且退。

时宰相李林甫因夫人病，闻得公远常以符药救人，遂亲来求他救治夫人之病。公远道："夫人禄命已尽，不可救疗。况夫人先终于相公之前，其福过相公十倍矣。何必多求。"林甫闻言甚怒，是夜其妻果死。次日，秦国夫人患病，杨国忠奉贵妃之命，来求公远救治。公远道："所救只救有缘法之人与能修行之人。今夫人既无仙缘，又无美行，得终于内寝，较之诸姊妹，已为万幸，岂复有方可疗？七日之后，名登鬼录。"国忠愤恨，回报杨妃。杨妃大怒，泣奏天子，说公远诽谤官眷，且加咒诅。李林甫也乘机劾奏他妖术惑众。玄宗已自不悦，又闻内外谗言交至，激成大怒，传旨将公远斩首西市。公远闻命，呵呵大笑。走至市中，伸颈就刑。钢刀落处，并无点血。只见一道青气从颈中出，直透云霄。玄宗忽想起公远是道术之人，何可轻杀。忙传旨停刑，却已杀过。玄宗懊悔不及，命收其尸。至七日后，秦国夫人果然病死。玄宗闻讣，不胜嗟悼，益信公远之言不谬。忽见扬州守臣疏奏，张果于本年某月日在琼花观中端坐而逝，袖中有谢恩表文一道，其身尸未及收殓，立时腐烂消化。玄宗览表，十分叹伤。因思叶法善，不知在何处，乃命内监辅璆琳出京寻访，迎请他来。

璆琳奉旨，带着仆从出京访问。有人说他在蜀中成都府。璆琳即带仆从望蜀中一路而行。山路崎岖甚是难走，忽见山岭上一个少年道者，迤逦而来。行至马前，璆琳仔细一看，大吃一惊，原来不是别人，却是罗公远，忙下马作揖，问仙师无恙。公远笑道："天子尊礼神仙，如何把贫道恁地相戏。如今张果怕杀，已诈死了。叶法善也怕杀，远游海外，无处可寻。你不如回去吧。"璆琳道："天子方自悔前过，伏望仙师同往京中见驾，以慰圣心。"公远道："你不必多言，我有书，并一信物寄上天子，可为我致意。"便于袖中取出一封书，内有一物，外面封好，付与璆琳收了。璆琳道："天子正欲叩问仙师，还求师驾一往。"公远道："无他言，但能远却宫中女子，更谨访边上女子，自然天下太平。"说罢，举手作别，腾空而去。璆琳咄咄称异，想叶法善既难寻访，不如回京复奏罢，遂趱程回京。见了玄宗，备奏路遇罗公远之事，把书信呈上。玄宗大为惊诧。拆视其书，却无多语，只有四个大字，下注一行小字，却是：

安莫忘危外有一药物，名曰蜀当归，谨附上

玄宗看了书和药物，沉吟不语。璆琳又密奏他所云宫中女子、边上女子之说。玄宗想道："他常劝我清心寡欲，可以延年。今言须远女子，又言莫忘危，疑即此意。那蜀当归或系延年良药亦未可知。但公远明明被杀，如何又在那里。"遂命内侍启视其棺，见棺中一无所有。玄宗嗟异道："神仙之幻化如此，朕徒为人所笑耳。"

看官，你道他所言宫中女子是谁？是明指杨贵妃。其所云边上女子，是说安禄山也。以安字内有女字故耳。"蜀当归"三字，暗藏下哑谜。至云"安莫忘危"，已明说出个安字了。玄宗却全不理会。

此时安禄山，拥重兵，坐大藩，又有宫中线索，势甚骄横，常怀异志。他平日所畏忌，只有李林甫一人，每遇使者从京师来，必问林甫有何话说。若闻有称奖他的言语，便大欢喜。若说李丞相寄语安节度，好自检点，即便攒眉嗟叹。林甫也常有书信问候他，书中多能揣知其情，道着他心事，却又予为布置安放。以此受其笼络，不敢妄有作为。不料林甫当璆琳回京时，已患病不能起床，再过几日，呜呼死了。那李林甫自居相位，唯有媚事左右，迎合上意，以固其宠；杜绝言路，掩蔽耳目，以成其奸；嫉贤妒能，排抑胜己，以保其位；屡起大狱，诛逐贵臣，以张其威。自东宫以下，为之侧目。为相一十九年，养成天下之乱。玄宗到底不知其奸恶，闻其身死，甚为嗟悼。国忠本极恨林甫，只因他甚得君宠，难与争权。今乘其死后，寻事泄愤。乃劾奏林甫生前多蓄死士于私第，托言出入防卫，其实阴谋不轨，其心叵测。又朝臣交章，追劾林甫许多罪款。杨妃因怪他挟制安禄山，也于玄宗前说他奸恶，玄宗方才省悟。下诏暴其罪状，追削官职，剖其棺，籍其家。其子侍郎李岫亦革职不用。

时杨国忠独掌朝权，擅作威福。内外各官，莫不震慑，皆遣人赍礼往贺。独安禄山不肯相下，亦不来贺。国忠大怒，因奏玄宗道："禄山本系番人，今雄踞三大镇，殊非所宜，当有以防之。"玄宗不以为然。禄山闻知国忠在御前害己，遂对人前将国忠谩骂。国忠闻知，益发恼恨，又启玄宗说："安禄山向与李林甫相依为奸，今林甫死后，罪状昭著，禄山心不自安，必有异谋。陛下若不信，遣使召之，彼必不奉诏，便可察其心矣。"玄宗唯唯而起，退入宫中将此言述与杨妃。杨妃着惊道："吾兄何遽疑禄山反耶？彼既怀疑，陛下当如其所奏，遣一中使往召禄山，若禄山来，便可释疑矣。"玄宗依言，即遣辅璆琳赍诏赴范阳召安禄山入朝见驾。璆琳领命，正欲起行，杨妃私以金帛赐之，付手书一封，密谕道："此书可密致禄山，叫他闻召即来，凡事有我在此为作周旋，包管他有益无损，切勿迟回观望，致启天子之疑。"璆琳领命，奉诏来至范阳，宣召禄山入朝。禄山接诏，设宴款待天使，问道："天子召我何意？"璆琳道："天子想念之深耳。"遂请屏退左右，密致杨妃手书，并述所言。禄山大喜，即日起身到京，入朝面圣。玄宗喜道："人言汝未必来，朕独信汝必至，今果然。"遂赐宴于内殿。禄山涕泣道："臣蒙陛下宠擢到此，粉身莫报。奈为国忠所忌，臣死无日矣。"玄宗抚慰道："朕自知，可无虑也。"次日入见杨妃，赐宴深叙。禄山道："儿非不恋慕，但势不可久留，明日便须辞行。"杨妃道："吾亦不敢留你，速去为是。"禄山点头会意。次日奏称边镇重任，不敢旷职，辞朝而去。至此，玄宗愈加亲信，禄山益无忌惮，因想："三镇之中，把守险要，将士都是汉人，我他日若有举动，此辈必不为我用，不如以番将代之为妙。"遂上疏奏称，边庭险要之处，非勇健者不能守御。汉将柔懦，不若番将骁勇，请以番将三十二人，代守边汉将。玄宗览疏，批旨依允。自此番人据险，边事不可问矣。未知后来如何，且看下回分解。

第二十三回

长生殿半夜私盟　勤政楼通宵欢宴

却说玄宗，一日在便殿，平章事韦见素与杨国忠同在上前，高力士侍立于侧。玄宗道："朕春秋渐高，颇倦于勤政，今以朝事付之宰相，以边事付之将帅，亦复何忧。"高力士奏道："诚如圣谕，但闻南蛮反叛，屡致丧师。又边将拥兵太盛，朝廷必须有以制之，方可无忧。"玄宗道："汝且勿言，宰相当自有调度。"国忠道："南蛮背叛，王师征剿，自当平定，无烦圣虑。至若边将拥兵太盛，力士所言是也。即如禄山坐制三镇，久有异志，不可不防之。"玄宗闻言，沉吟不语。韦见素道："臣有一策，可消禄山之异志。"玄宗问是何策，见素道："今若内擢禄山为平章事，召之入朝，而别以三大臣分领范阳、平卢、河东三镇，则禄山之兵权既释，而异谋自沮矣。"国忠道："此策甚善，愿陛下从之。"玄宗意犹未决，退入后宫，把这话说与杨妃知道。杨妃虽极欲禄山入朝，再与相聚，却恐怕他到了京师，未免为国忠所害，乃密启玄宗道："禄山未有反形，为何外臣都说他要反。陛下无故征召，适足启其疑惧。不如先遣一中使往观之，若果有可疑，然后召之，未为晚也。"玄宗依言，即遣辅璆琳赍珍果数种，往赐禄山，潜察其举动。

璆琳奉命至范阳，禄山早已得了官中消息，遂厚款璆琳，私将金帛宝玩赠予，托他周旋。璆琳受了贿赂，一力应承，星夜回朝复旨，极言禄山忠诚，为国并无二心。玄宗信以为然，遂下召禄山。日夕嫔妃内侍及梨园子弟们，征歌逐舞。杨妃与韩国、虢国夫人辈，愈加骄奢淫逸。

杨妃身体颇丰，性最畏热。每当夏日，只衣轻绡，使侍儿交扇鼓风，犹挥汗不止。却又奇怪，他身上出的汗，比人大不同，红腻而多香，拭抹于巾帕之上，色如桃花，真正天生尤物，决不犹人。一日，玄宗与杨妃避暑于骊山宫，那宫中有一殿，名曰长生殿，极高畅凉快。其年七月七日夜，乞巧之夕，天气炎热。玄宗与杨妃同坐于长生殿庭中纳凉，至二更余，方相携入寝同卧。宫女们亦散去歇息。杨妃苦热，睡不安稳，乃拉着玄宗再出庭中乘凉，更不唤宫女们服侍。二人只穿小衣，并肩而坐。玄宗一手摇扇，一手抚杨妃说道："今夜牛女二星相会，未知其乐何如？"杨妃道："天上之乐，自然不比人间。"杨妃道："人间欢聚终有散场，怎如天上双星，永久成配。"玄宗笑道："若论他会少离多，倒不如我和你日夕欢聚。"说罢，不觉怆然嗟叹。玄宗感动情怀，把杨妃搂住说道："你我恁般恩爱，岂忍相离。今就星光之下，密相誓心，愿生生世世长为夫妇。"杨妃点头道："阿环同此誓言，双星为证。"玄宗大喜，两个相搂相抱，同入罗帏，做阳台之梦。玄宗自此对杨妃更加恩爱。

是年九月，蓬莱宫中柑橘结实。这种柑橘，是开元十年间江陵进贡来的，味极甘美。玄宗命将数枚种于蓬莱宫中，一向只开花不结实。那年忽然结实，立言余颗与江南及蜀中进贡者无异。玄宗欣喜，亲自临视，命摘来颁赐朝臣。杨国忠率众官上表称贺，玄宗大悦。那柑橘中却有一只是合欢的，左右进上。玄宗见了，愈加欢喜，谓杨妃道："此果似知人意，我与你同心一体，所以结此合欢之实。我二人可共食之，以应其祥。"乃促坐同剖，交口而食。杨国忠又复献谀，以为此乃非常之祥瑞，宜赐酺称庆。玄宗准奏，遂降旨，以宫中有珍国之祥，赐民大酺。于是择日，率领嫔妃及诸王辈，御勤政楼，大张声乐，陈设百戏，听人纵观，与民同乐。都下士民男妇，拥集楼前，好不热闹。教坊女人，有王大娘者，能为舞竿之戏，将百尺长的一根大竹竿，捧置头顶，竿儿上缀着一座木山，为瀛洲方丈之状，使一小儿手持绛节出入其间，口中歌唱。王大娘头顶着竿，旋舞不辍，却与那小儿的歌声节奏相应。玄宗与嫔妃诸王等看了，俱啧啧称奇。时有神童刘晏，年方九岁，聪颖过人，官为秘书省正字。是日在楼侍宴，玄宗命咏王大娘舞竿诗，刘晏吟道：

楼前百戏竞争新，唯有长竿妙入神。
谁道绮罗偏有力，犹自嫌轻更着人。

玄宗与妃嫔及诸王，见刘晏少年吟诗敏捷，词句中又隐带谐谑之意，都欢喜称赞。玄宗以锦袍赐之。

宴至晚夕，楼上挂起各样花灯，光彩眩目。忽楼前人声鼎沸，也有嬉笑的，也有争嚷的，也有你呼我应的，极其嘈杂。玄宗问是何故，内侍奏道："众人争看花灯，拥挤喧哗，呵斥不止。伏候圣裁。"玄宗道："可着该管官严饬禁约，如再不止，拿几个责治示众便了。"刘晏忙奏道："人聚已众，不可轻责。况陛下既与民同乐，许其纵观，如何又加责治。以臣愚见，莫如使梨园乐工，当楼奏技，传谕众人，令各静听，众人喜于闻所未闻，则喧声自止矣。"玄宗道："此言极是。"遂命内侍先传圣旨，晓谕诸人。随后梨园众子弟，个个锦衣花帽，手执乐器出至楼头，齐齐整整地都站立于花灯之下。众人拥着观望，那欢笑之声，虽未即止，然不似以前的喧闹了。高力士奏道："众乐工之中，唯李暮的羌笛，尤为擅名，是乃众人之所喜听，宜令其先吹一曲，以息众喧。"玄宗依奏，命李暮先独自当楼吹笛。李暮领旨,就于楼头把手指着楼下,高声道:"我李暮奉圣旨,先自吹笛与你们众人听。你们若果知音,须静听着。"说罢,双手按着一枝紫纹云梦竹的笛儿,嘹嘹呖呖吹将起来。这一曲笛儿真正吹得响彻云霄,清泠动听。楼下万万千千的人,都定睛侧耳,寂然无声。玄宗大喜。李暮笛声吹毕,众乐齐作,继以清歌妙舞。楼下众人,都静观寂听,更无喧闹。玄宗直欢宴至晓钟鸣动,方才罢散。未知后事如何,且听下回分解。

第二十四回

雪衣女诵经得度　赤心儿欺主作威

　　玄宗自勤政楼宴乐之后，以为天降休祥，太平无事，唯日夕在宫中取乐。杨妃亦愈加骄奢极欲，玄宗游幸各宫，多与杨妃同车并辇而行。杨妃常不喜乘舆，欲试乘马。因命御马监选择好马，调养得极其驯良，以备骑坐。每当上马，众宫娥扶策而上。内宫女侍数百人，前后拥护。杨妃倩妆紧束，窄袖轻衫，垂鞭缓走，媚态动人。玄宗亦自乘马，或前或后，以为快乐。杨妃笑道："妾舍车从骑，初次学乘，怎及得陛下鞍马娴熟，驰逐之际，固当让着先鞭。"玄宗戏道："只看骑马，我胜于你；可知风流阵上，你终须让我一头。"杨妃也戏道："此所谓老当益壮。"说罢，二人相顾大笑。自此，宫中饮宴，即并为风流阵之戏。你道如何作戏？玄宗与杨妃酒酣之后，使杨妃统率宫女百余人，玄宗自己统率小内侍百余人，于掖庭之中排下两个阵势。以绣帏锦被张为旗帐，鸣小锣，击小鼓，两下各持短画竹竿，嬉笑呐喊，互相戏斗。若宫女胜了，罚小内侍各饮酒一大觥，要玄宗先饮；若内侍们胜了，罚宫女们齐声歌唱，要杨妃自弹琵琶和曲。此戏即名之曰风流阵。一日，风流阵上宫女战胜了，杨妃命照例罚内侍们酒一杯，因酌金斗奉与玄宗先饮。玄宗亦酌金杯赐与杨妃道："妃子也须陪饮一杯。"杨妃道："妾本不该饮，既蒙恩赐，请以此杯与陛下掷骰子赌色，若陛下色胜，妾方可饮。"玄宗笑而许之。高力士便把色盆骰子进上。玄宗与杨妃各掷了两掷，杨妃已掷胜色，玄宗将次输了，唯得重四可以转败为胜，于是再赌赛一掷。一头掷，一头吆喝道："要重四。"见那骰儿辗转良久，恰好滚成一个重四。玄宗笑向杨妃道："我呼卢之技何如？你该饮酒了。"杨妃举杯饮尽，玄宗道："朕得色，卿得酒，福与之共。"杨妃口称万岁。玄宗因掷色得胜，心中欢喜，又与杨妃连饮几杯，不觉酣醉。乘着酒兴再把骰子来掷，收放之间滚落一个于地。高力士忙跪而收之。玄宗见力士趴在地上拾骰子，便戏将骰盆儿摆在他背上，扯着杨妃席地而坐，就他背上掷色。两个一递一掷，你呼六，我呼四，掷个不了。高力士双膝跪地，双手撑地，一动也不敢动。正好吃力，只听得屋梁上边咿咿哑哑说话之声道："皇爷与娘娘只顾要掷四掷六，也让高内监起来掷掷嘛。"这"掷掷嘛"三字，正隐说着直直腰。玄宗与杨妃听了，俱大笑而起，命内侍收过了骰盆，扶高力士起来。力士叩头而退，玄宗与杨妃同入寝宫去了。

　　看官，你道那梁间说话的是谁？原来是一只能言的白鹦鹉。这白鹦鹉是前日安禄山进献与杨妃的，畜养宫中已久，极其驯服，不加羁绊，听其飞止。它总不离杨妃左右，最能言语，善解人意，伶俐异常。杨妃爱之如宝，呼为雪衣女。忽一日，飞至杨妃面前说道："雪衣女昨夜梦兆不祥，梦己身为鸷鸟所逼，恐命数有限，不能常侍娘娘左右了。"杨妃道："梦兆不足凭信，不必忧虑。你若心怀不安，可将般若心经时常念诵，自然福至灾消。"鹦鹉道："如此甚妙，愿娘娘指教这个。"杨妃便命女侍炉内添香，亲自捧出《般若心经》，合掌诵了两遍。鹦鹉在旁谛听，记得明白，朗朗地念出来，一字无差。自此之后，那鹦鹉随处随时念诵《心经》。如此两三月。一日，杨妃闲坐于望远楼上，鹦鹉也飞来立于楼窗，忽有个供奉游猎的内侍，擎着一只青鸾从楼下走过。那鹞儿瞥见鹦鹉，即飞起望着楼窗便扑将来。鹦鹉大惊道："不好了！"急飞入楼中。亏得一个执拂宫女将拂子尽力拂那鹞儿，恰正拂着了鹞儿的眼，方才回身展翅飞落楼下。杨妃急看鹦鹉时，已闷绝于地，半晌方醒。杨妃抚慰道："雪衣女，你受惊了。"鹦鹉道："恶梦已应，惊得心胆俱碎，谅必不能再生，幸免为所啖，当是诵经之力。"于是紧闭双眸，不食不语，只闻喉间念诵《心经》。杨妃时时省视。三日之后，鹦鹉忽张目向杨妃道："雪衣女仗诵经之力，幸得脱去皮毛，往生净土矣。娘娘幸自爱。"言讫，长鸣数声，瞑目戢翼，端立而死。杨妃见了，十分嗟悼。命内侍殓以银器，葬于后苑，名为鹦鹉冢。不在话下。

再说安禄山在范阳，思欲称兵造反，只为玄宗待之甚厚，要俟其晏驾方才举事。但杨国忠时时寻事来撩拨他，意欲激他反了，以实己之言。于是禄山生个事端，遂上一疏，请献马于朝。其疏略云：

> 臣安禄山，承乏边庭，所属地方多产良马。臣今选得良马三千余匹，愿以贡献朝廷。每马一匹用执鞚军二名，臣更遣番将二十四员部送，俟择吉日即便起行。伏乞敕下经历地方，各该官吏预备军粮马草供应，庶不致临期缺误。谨先具表奏闻。

禄山此疏，明明是托言献马，要乘机侵据地方，且要看朝廷如何发付他。当下玄宗览疏，沉吟不决。因将此疏付中书省议复。国忠入奏道："边臣献马于朝廷，亦是常事。今禄山故意要多遣军将部送，以三千马匹，而执鞚者反有六千人。那二十四员番将，又各有跟随的军士。共计当有万余人行动，此与攻城夺地者何异。陛下当降严旨切责，破其狡谋。"玄宗道："彼以贡献为请，无所开罪。即云部送多人，亦未必便有异志，何可遽加切责。只须谕令减省人役罢了。"国忠见玄宗不从，怏怏而退。时高力士侍立于旁，玄宗对他说道："朕之待安禄山，可谓至厚，彼必不相负。今表请献马于朝，虽欲多遣番将部送，谅亦无他意。而国忠欲请严旨切责，朕不以为然。前者，朕曾遣辅璆琳到彼窥察，回奏说他忠诚爱国，并无二心。难道如今便忽然改变了不成。"原来辅璆琳平日恃宠专恣，与高力士不睦，因此力士乘间密奏道："老奴闻得，辅璆琳两番奉差到范阳，多曾私受安禄山贿赂，故饰词复旨，其所言未可信也。"玄宗惊讶道："有这等事，汝何从知之？"力士道："老奴向已微闻其事，而未敢信。近因璆琳奉差采办回来，老奴往候之。值其方浴，坐以待其出。因于其书斋中案头，见有安禄山私书一封，书中细询朝中举动与宫中近事。又托他每事曲为周旋遮饰，又约他每事密先报知。那时老奴窃窥未完，璆琳浴毕而出，连忙藏好。据此看来，他内外交结，贿赂相通，信有其事矣。老奴正欲密将此事上闻，适蒙圣谕，谨此启知。"玄宗闻言大怒，即唤璆琳来面讯。又差力士率羽林军至其第搜取私书物件。不一时璆琳唤到，其所有私书与所受的贿赂都被搜出，上呈御览。原来璆琳与禄山往来的私书甚多，力士检看其中有关涉杨妃的，即行销毁。因此宫中私情之事，幸不败露。当下玄宗怒甚，欲重处璆琳。力士密启道："皇爷欲加罪璆琳，须托言他事以征之，切勿发露通信受贿之事。不然恐致激变。"玄宗点头道是。遂命将璆琳就于内廷杖杀，只说他采办不称旨，赐死。故禄山多遣军将来献马，玄宗亦有些疑心，即遣中使冯神威赍手诏往谕止之。其略云：

> 览卿表奏，欲献马于朝，具见忠悃。但马行须冬日为便。今方秋初，田稻将成。农务未毕之时，且勿行动。俟至冬日，官自给夫部送来京，无烦本军跋涉。特此谕知。

冯神威赍诏至范阳，禄山已窥知朝廷之意，又探知杨国忠有许多说话，心中大怒。及闻诏到，竟不出迎。冯神威来到府中，禄山乃大陈兵卫，踞胡床而坐，也不起身迎接。冯神威开诏宣读毕，禄山满面怒色，也不设宴款待，只叫他出就馆舍。过了两日，冯神威欲还京复命，入见禄山，问他可有回奏的表文否？禄山道："诏书云：'马行须俟冬日至'，十月间，我即不献马亦将亲诣京师，以观朝臣近政。今亦没甚表文，汝为我口奏可也。"冯神威不敢多言。

第二十五回

安禄山范阳造反　封常清东京募兵

却说玄宗恨禄山，杨妃没奈何，只得劝解："禄山原系番人，不知礼数。又平日过蒙陛下恩宠，待之如家人孺子，未免习成骄傲之性，故不觉一时狂肆。他前日表情献马，或原无反意。现今他有儿子在京，结婚宗室。他若在外谋为不轨，难道竟不顾其子孙。"原来禄山长子名庆宗，次子名庆绪。那庆宗聘宗室之女荣义郡主为配。因此禄山出镇范阳时，留他在京就婚，尚未归范阳，故杨妃以此为解。玄宗听了，暗想："如今可着安庆宗上书于其父，要他入朝谢罪，看他来不来，便可知其心矣。"遂命高力士谕意于安庆宗，作速写书，遣使送往范阳去。庆宗领旨，随即写下一书，呈过御览，即日遣使赍去。只道禄山见书自然便来，谁知杨国忠恐怕禄山看了儿子的书真个入京来，朝廷必要留他在京，暗想："他有宫中线索必然重用，夺宠争权，老大不便。不如早早弄他反了，既可以实我之言，又永绝了与我争权之人，岂不甚妙。"时有禄山的门客李超寓在京中，国忠诬他打点关节，遣人捕送御使台狱，按治处死，欲使禄山危疑不自安。又密差心腹人，星夜潜往范阳，一路散布流言说天子以安节度轻亵诏书，侮慢天使，又察出他交通宫禁的私事，十分大怒，已将其子安庆宗拘囚在宫，勒令写书，诱他父亲入朝谢罪，便要把他父子来杀了。禄山闻此流言，甚是惊疑。不一日，果然安庆宗有书信来到，禄山忙拆书观看。其略云：

> 前者大人表请献马，天子甚善忠悃。只因部送人多，恐有骚扰，故谕令暂缓，初无他意。及诏使回奏，深以大人简忽天言为可怪。幸天子宽仁，不即督过。大人宜便星驰入朝谢罪，则上下猜嫌尽释，谗口无可置喙；身名俱泰，爵位永保，岂不美哉。况男婚事已毕，渴思仰睹慈颜，少申子妇孝敬之意。书到日，希即命驾。

禄山看毕，问来使道："吾儿无恙否？"使者道："奴出京时，大爷安然无事。但于路途之间，闻说门客李超犯罪下狱。又闻人传说，近日宫里有什么事情发觉了，大爷已被朝廷拘禁在那里，未知此言何来？"禄山道："我这里也是恁般传说，此言必有来由。"又密问道："你来时，贵妃娘娘可有甚密旨着你传来吗？"使者道："贵妃娘娘没有什么旨意。"禄山闻说，愈加惊疑。看官，你道杨妃时常有私信往来，为何这番偏没有？盖因安庆宗遵奉上命，立刻写书遣使，杨妃不便夹带私书。心中虽欲禄山入京相叙，只恐他身入樊笼被人暗算。因欲密遣心腹内侍寄书与禄山，叫他且勿亲自来京，只急急上表谢罪便了。书已写就，怎奈杨国忠移檄范阳，一路关津驿递所在，说边防宜慎，须严察往来行人，稽查奸细。杨妃探知此信，恐怕嫌疑是非之际，倘有泄露，非同小可，因此迟疑，未即遣使。

这边安禄山不见杨妃有密信，只道宫中私事发觉了。若果发觉，察出私情之事，这便无可解救，其势不得不反了。遂与部下心腹严庄、高尚、阿史那承庆等三人密谋作乱，商议明日如此如此。到了次日，号召部下大小将士，毕集于府中。禄山戎服带剑，出坐堂上，却诈为天子敕书一道出之袖中，传示诸将道："昨日有人传到皇帝密敕，着我安禄山统兵入朝，诛讨奸相杨国忠。公等便当助我，前去扫清君侧之恶。功成之后，爵赏非轻。"诸将闻言，愕然失色，不敢作声。严庄、高尚、阿史那承庆三人按剑而起，对着众人厉声道："天子既有密敕，自应奉敕行事，谁敢不遵？"禄山亦按剑厉声道："有不遵者，即治以军法。"诸将素畏禄山凶威，又见严庄等已出力相助，便都不敢异言。禄山遂发所部十五万众，反于范阳。即日大飨军将士，令贾循守范阳，吕知海守平卢，高秀岩守大同，其余诸将俱引兵而南。此天宝十四载十一月事也。

原来，当初宰相张九龄在朝之时，曾说"安禄山有反相，若不除之，必为后患"。玄宗不以为然。那知他今日确为国家祸患。当日安禄山反叛，引兵南下，声势甚张。那时海内承平已久，百姓累世不见兵革，猝然闻知范阳兵起，远近震骇。河北一路州县，望风瓦解；地方文武官员，无有能拒之者。禄山以太原留守杨光翙依附杨国忠，又为同族，欲先杀之。乃一面发出大队人马，一面遣部将何千年、高邈引二十余骑，托言献射手，乘驿至太原。因光翙尚未知禄山反信，只道范阳有使臣经过，出城迎之，却被劫掳去，解到禄山军前杀了。

玄宗初闻禄山已反，还犹未信，及闻杨光翙被杀于太原，方知禄山真反，大惊大怒。杨妃也惊得呆了。玄宗召集朝臣，共议其事，众论不一，也有说该剿的，也有说该抚的。唯有杨国忠洋洋得意道："此奴久萌反志，臣早已窥见其肺腑。故屡渎天听，今日乃知臣言之不谬也。"玄宗道："番奴背叛，罪不容诛，今当何以御之？"国忠大言道："陛下勿忧，今反者只禄山一人，其余将士都不欲反，特为禄山所逼耳。朝廷只须遣一旅之师，声罪致讨，不旬日间，定当传旨京师，何足多虑。"玄宗信其言，遂不以为意。那安庆宗闻其父反，一时大惊，只得肉袒自缚，诣阙待罪。玄宗怜他是宗室之婿，意欲赦之。杨国忠奏道："禄山久蓄异志，陛下不即诛之，致有今日之叛。庆宗乃叛人之子，法不可贷，岂容留此逆孽，以为后患。"玄宗准奏，传旨将安庆宗处死。国忠又劝玄宗，并将其妻荣义郡主亦赐自尽。

其时适有安西节度使封常清入朝奏事,玄宗问以讨贼方略。那封常清是个志小言大的人,便率意奏道:"陛下不必过虑,臣请走马赴东京,开府库,发仓廪,召募骁勇,击此逆贼,计日取其首,献于阙下。"玄宗大喜,遂命封常清为范阳、平卢节度使,即日赴东京,募兵讨贼,听许便宜行事。

封常清奉旨,星夜至东京,动支仓库钱粮,出榜召募勇士。一时应募者如市,旬日之间,募得六万余人,皆市井白徒,并非能战之士。又探听得禄山兵马强壮,是个劲敌,方自悔不该大言于朝。今已身当重任,无可推诿,只得率众断河阳桥,以为守御之备。玄宗又命卫尉卿张介然为河南节度使,统陈留等十三郡,与封常清互为声援。未知后事如何,且听下回分解。

第二十六回

唐明皇梦中见鬼　雷万春都下寻兄

却说安禄山兵陷灵昌郡，贼兵纵横，残杀不堪。时张介然到陈留才数日，禄山兵众突至，介然连忙率兵登城守御。怎奈人不习战，心中畏惧，又兼天时苦寒，手足僵冻不能防守。太守郭纳引众开城出降，禄山入城，擒张介然斩之。次日探马来报，说安庆宗在京已被天子杀了。禄山闻知大怒，大哭道："吾有何罪而杀吾子。"遂纵兵大杀降人，以泄其愤。

却说玄宗在朝，忽见探马来报，说安禄山攻陷陈留郡，张介然已被害了。玄宗闻报，急与众臣商议时，众议纷纷，并无良策。玄宗面谕群臣道："朕在位已几五十载，去秋已欲传位太子，因水旱频发，不欲以余灾遗累子孙。今不意逆贼横发，朕当亲征，使太子监国，待寇乱既平，即行禅位。朕将高枕无为矣。"遂下诏亲征，命太子监国。杨国忠闻言，大惊失色。朝罢回家，哭向其妻裴氏与韩国、虢国二夫人道："吾等死期将到了。"众夫人惊问其故？国忠道："天子欲亲征，将使太子监国，行且禅位。太子素恶吾家，今一旦大权在手，吾与姊妹都命在旦暮，如之奈何。"于是举家惊惶涕泣。虢国夫人道："我等做楚囚相对，无益于事，不如速速与贵妃密计。若能劝止亲征，则监国禅位之说，自不行矣。"国忠道："此言有理，速烦两妹入宫计之。"两夫人即日入宫，与杨妃相见，密告与国忠之言。杨妃大惊道："此非可以从容婉言者。"乃脱去簪珥，口衔黄土，匍匐至御前，叩头哀泣。玄宗惊讶，亲自扶起问道："妃子何故如此？"杨妃道："妾闻陛下将亲临战阵，是弃万乘之尊，以试凶危之事，六宫嫔御闻之，无不骇汗。况臣妾尤蒙恩宠，岂忍远离左右。自恨身为女子，不能随驾从征。愿碎首阶前，效侯生之报信陵耳。"说罢伏地痛哭。玄宗命宫人扶之就坐，执手抚慰道："朕之欲亲征，愿非得已。计凯旋之日，当亦不远。妃子不须如此悲伤。"杨妃道："堂堂天朝，岂无一二良将为国家殄灭小丑，何劳圣驾亲征。"玄宗闻言，点头道："汝言亦是。"遂传旨停罢前诏，特命皇子荣王琬为元帅、右金吾大将军高仙芝副之，统军出征，又以内监边令诚为监军使。诏旨既颁，杨妃方才放心，拭泪拜谢。玄宗命宫人为妃子整妆，且令排宴解闷。韩国、虢国二夫人也都来见驾，一同饮宴，大家互相劝酒，直饮至夜阑方罢。两夫人辞别出宫。

是夜玄宗与杨妃同寝，蒙眬之间，忽若己身在华清宫中，坐一榻上，杨妃坐于侧边椅上，隐几而卧。忽见一个奇形异状的鬼魅，走到杨妃身边，嬉笑跳舞。玄宗大怒，欲斥喝他，无奈喉间一时哽塞，声唤不出。欲自起逐之，身子站立不起。顾左右，又不见一个侍从。看杨妃时，伏在桌上不语。再定睛一看，不是杨妃，却是个头戴冲天巾、身穿衮龙袍的人，宛然是一朝天子的模样，但不见他面庞。那鬼还跳舞不休，看看跳舞到玄宗面前，忽手执一面明镜，把玄宗一照。玄宗照见自身，却是个女子，十分美丽，心中大惊。忽见空中跳下一个黑大汉来，头戴玄冠，身穿圆领袍，手执牙笏，身佩宝剑，浓眉豹目，蓬鬓虬髯。那黑大汉把这跳舞的鬼只一喝，这鬼缩做一团，被黑大汉一把捉在手中。玄宗问道："卿是何官？"黑大汉道："臣终南不第进士钟馗也。生平正直，死而为神，奉上帝命，治终南山诸鬼。凡鬼有作祟人间者，臣皆得而啖之。此鬼敢于乘虚惊驾，臣特来为陛下驱除。"言讫，伸着两指，把那鬼的双眼挖出，纳入口中吃了。倒捉着他的两脚，腾空而去。玄宗惊觉，却是一梦。那时杨妃也从梦中惊悸而寤，口里犹作咿哑之声。玄宗搂着问道："阿环为甚不安？"杨妃定了一回，方才答道："我梦中见一鬼魅，从宫后而来，对着我跳舞。旁有一美貌女子，摇手止之，鬼只是不理，却口口称我为陛下。我不应他，它便（将）一条白带儿丢来，正兜在我颈项上，因此惊魇。"玄宗也把所梦述了一遍。杨妃道："这梦真是奇怪，陛下梦中，女变为男，男变为女；又怎生我梦中也见一女子，也恰梦那鬼呼我为陛下，可不奇怪吗。"玄宗戏道："我和你恩爱异常，原不分你我。男女易形，鸾颠凤倒之意耳。"言讫，两人都笑起来。次日，玄宗临朝，问诸臣道："终南有已故不第进士姓钟名馗吗？"给事中王维奏道："臣闻终南有进士钟馗，于高祖皇帝武德年间，为应举不第，以头触石而死。时人怜之，陈情于官，假袍带以葬之。嗣后颇著灵异，至今终南人奉之如神明。"玄宗闻奏，遂宣召善画的吴道子来，告以梦中所见钟馗之形，使画一像，特追赐钟馗状元及第。又因杨妃梦鬼从宫后而来，遂命以赐钟馗之像，永镇后宰门。因想起昔年太宗画秦叔宝、尉迟敬德之像于宫门，喟然叹道："我梦中的鬼魅，得钟馗治之。那天下的寇贼，未知何人可治？安得再有如秦叔宝、尉迟恭这两人。"忽想起："秦叔宝的玄孙秦国模、秦国桢兄弟，当年曾上疏谏我，极是好话。我那时反加废斥，由今思之，诚为大错，还该复用他们为是。"遂以手敕谕中书省，起复原任翰林承旨秦国模、秦国桢，仍以原官入朝供职。

却说秦家兄弟两个，自遭废斥，即屏居郊外，杜门不出。忽一日，有一个通家朋友来相访，那人姓南名霁云，魏州人氏。其为人有志节，精于骑射，勇略过人。他祖上与秦叔宝有交，因此他与国模兄弟是通家世契。那日策蹇而至，秦家兄弟接着，十分欢喜，各道寒暄，问其来京何事？霁云道："原任高要尉许远，是弟父辈相知，其人深沉有智，节义自矢。他有一契友，是南阳人张巡，博学多才，深通阵法，开元中举进士，为真源县尹。许公欲使弟往投之，今闻其朝觐来京，故此特来访他。"秦国模道："张、许二公，是世间奇男子。愚兄弟亦久闻其名，今兄投之，得其所矣。"遂置酒款待，共谈心事。正饮酒间，忽闻家人传说范阳节度使安禄山举兵造反，有飞报到京了。秦家兄弟拍案而起道："吾久知此贼必怀反志。"南霁云道："天下方乱，非吾辈燕息之时。弟明日便当往候张公，与议国家大事，不可迟矣。"

次日，即写下名刺，怀着许远的书，骑马入京城。访至张巡寓所问时，原来他已升为雍邱防御使，于数日前去了。霁云听了，即要往雍邱，遂来别秦家兄弟。行到门首下马，只见一个汉子，头戴大帽，身穿短袍，策马前来。霁云只道是个传边报的军官，等他行到面前，举手问道："尊官可是传报吗？范阳的乱信如何？"那汉看霁云仪表非俗，遂下马举手答道："在下是从潞州来，要入京访一个人，未知范阳反乱真实。尊官从京中出来，必知确报。"霁云道："在下也是来访友的，尚未知其详。如今所访之友不遇，就要别了居停主人，往雍州去。"那汉道："主人是谁？"霁云指道："就是这里秦家。"那汉举目一看，见门前有钦赐兄弟状元匾额，便问道："这兄弟状元可就是秦叔宝的后人吗？"霁云道："是。"那汉道："在下久慕此二公之名，恨未识面。今敢烦尊官引我一见何如？"霁云道："在下愿引进。"遂各问了姓名，一同入内，见了秦家兄弟，叙礼就座。霁云备述访张公不遇而返，指雷万春说道："门前邂逅雷兄，说起贤昆仲大名，十分仰慕，特来晋谒。"二秦就动问尊客姓名、居处。那汉道："在下姓雷名万春，涿州人氏。因求名不就，弃文习武。常思为国家出力，怎奈未遇其时。今因访亲，特来到此，幸遇这南尊官，得谒二位先生，足慰生平仰慕之意。"国模道："雷兄来访何人？"雷万春道："要访那乐部中雷海清。"霁云闻言不悦道:"那雷海清不过是梨园的班头,兄何故远来访他?难道要屈节贱己,以为进身之媒吗?"万春笑道:"非敢媒进,因他是在下的胞兄,故特来一候。"霁云道:"原来如此,在下失言了。"万春道:"南兄,你说访张公不遇,是那个张公?"霁云道:"是雍邱防御使张巡。"万春道:"此公是当今奇人,兄要访他,意欲何为?"霁云道:"今禄山反乱,势必披猖。吾往投张公,共图讨贼之事。"万春慨然道:"尊兄之意正与鄙意相合,倘蒙不弃,愿随同行。"秦国桢道:"二兄既有同志,便可结盟,共图讨贼。"南、雷二人大喜,遂拜了四拜,结为生死之交。秦家兄弟设席相款。到了次日,霁云同万春入城来访雷海清,行至住处,万春先入,拜见哥哥,随同海清出来迎接霁云,叙礼而坐。万春略说了些家事,并述在秦家结交南霁云,要同往雍邱之意。海清欢喜,向霁云拱手称谢。霁云道:"此是令弟谬爱,谅小子有何才能。"海清对万春道:"贤弟,我想安禄山这逆贼,称兵谋叛,势甚猖獗。那杨右相大言欺君,全无定乱之策。将来国家祸患,不知如何。我既身受君恩,只得捐躯图报。贤弟素有壮志,今又幸得与南官人交契,同往投张公,自可相与有成,誓当竭力报国。从今以后,我自尽我的节,你自尽你的忠,不必以我为念。"说罢泪下如雨。万春也挥泪不止。霁云为之慨然。海清取出酒肴,满酌三杯,遂起身道:"我日逐在内廷供奉,无暇久叙。"遂取出一包金银,赠为路费。大家洒泪而别。二人回至秦家,便束装起行。秦家兄弟又置酒饯行,各赆程仪。二人拜别,往雍邱而去。未知后来如何,且听下回分解。

第二十七回

矢忠贞真卿起义　遭疑忌舒翰丧师

却说秦国模、国桢,自闻禄山反信,甚为朝廷担忧。忽一日,中书省奉特旨起复国模、国桢原官,行下文书来。二人拜受恩命,即日入朝面君谢恩。玄宗温言抚慰,即问讨贼之策。二人以次陈言。大约都以用兵宜慎,任将宜专为对。忽吏部官来奏睢阳太守员缺,候圣旨选用。国模奏道:"睢阳为江淮之保障,今当扰乱之时,太守一官非寻常之人所能胜任,宜勿拘资格,不次擢用。臣所知高要尉许远,既有志操,更饶才略,堪充此职。"玄宗准奏。即谕吏部,以许远为睢阳太守。因又问二卿:"亦知今日可为良将者为谁?"国桢道:"昔年学士李白,曾疏奏待罪边疆郭子仪,足备干城腹心之寄。陛下因特原其所犯之罪,许以立功自效。今子仪屡立战功,主帅哥舒翰表荐,已历官至朔方兵马使。此人真将才也。"玄宗点头道是。遂降旨升郭子仪为朔方节度使,又命哥舒翰为兵马副元帅,防御安禄山。那时禄山陷灵昌,取陈留,破荥阳,直逼东京。封常清出兵交战,大败而走,贼兵乘势追击,遂陷东京。河南尹达奚珣出城投降,留守李憕、中丞卢奕、判官蒋清等不肯降贼,被禄山斩之。封常清收聚残兵,西走陕州,见高仙芝说贼锋不可当,宜退守潼关,以保长安。仙芝从其言,遂与常清引兵固守潼关。果然贼兵冲至，不得入而退。这也算二人守御之功。谁知那监军宦官边令诚，怪二人无所馈献，遂密疏劾奏二人未战先奔，轻弃陕地，又私减军粮以充己橐，大负朝廷委任之意。玄宗览疏大怒，即赐令诚密敕，使即军中斩此二人。令诚乃佯托他事，请二人来面议。二人既至，令诚喝左右拿下，宣敕示之，遂把二人杀死。玄宗命哥舒翰统其众，并番将火拨归仁部卒亦属统辖，镇守潼关。

再说禄山，遣段子光赍李憕、卢奕、蒋清之首，传示河北，令速纳款。传至平原，那平原太守乃临沂人，姓颜名真卿，字清臣，是个忠君的人。他于禄山未反之前，预知其必反，乃密约诸郡，共举兵讨贼。召募勇士，得万余人，涕泣谕以大义，众皆感愤，愿效死力。那贼党段子光，把三个忠臣的头往来传示，被真卿拿住，腰斩示众。取三人之头，续以蒲身，棺殓葬之。于是附近州郡，各皆起兵接应，共推颜真卿为盟主。真卿遣人赍表文从间道入京奏闻。玄宗览表大喜，遂加颜真卿河北采访使。时常山太守颜杲卿，乃真卿族兄，为人忠义。闻禄山兵至藁城，杲卿力不能拒，与长吏袁履谦计议，先往迎之。禄山大喜，赐以紫袍金带，使仍守常山。遂与履谦密谋起义。恰好真卿遣人至常山，与杲卿相约，欲连兵断禄山归路。那时禄山僭号，称大燕皇帝，改元圣武。杲卿乃假传禄山的恩命，召伪井陉守李钦凑，率众前来受登基的犒赏。俟其来至，与之痛饮，至醉而杀之。宣谕解散其众。贼将高邈、何千年，适奉禄山之命至北方征兵，路过常山，亦为杲卿所执。于是传檄诸郡起义，河北响应。杲卿以李钦凑的首级与高邈、何千年二人献于京师，使其子泉明与内丘承、张通幽赍表赴京奏报。张通幽即张通悟之弟，他恐因其兄降贼，祸及家门。思为保全之计，知太原尹王承业与杨国忠有交，欲借以为援。乃劝承业留止泉明，改其表文，攘其功为己功。杲卿起义才数日，贼将史思明引兵突至。杲卿使人往太原告急，承业既攘其功，正利于杲卿之死，拥兵不救。杲卿悉力拒战，粮尽兵疲，城遂陷。为贼所执，解送禄山军前。禄山喝道："汝何背我而反？"杲卿瞋目大骂。禄山怒甚，令人割其舌，并袁履谦一同遇害。杲卿尽节而死，却因王承业掩冒其功。张通幽诡诞其说，杨国忠蒙蔽其事，朝廷竟无恤赠之典。直至肃宗乾元年间，颜真卿泣诉于肃宗，转达上皇，那时王承业已为别事被罪而死，张通幽尚在，上皇命杖杀之，追赠杲卿为太子太保，谥曰忠节。此是后话。

却说郭子仪奉诏进取东京，特荐李光弼为河东节度使，分兵万余，出井陉，至常山，常山守将出降。郭子仪与李光弼合兵。贼将史思明闻常山失守，引兵来战，被子仪大破之。思明步行逃走，河北十余郡皆下。那时副元帅哥舒翰，屯军潼关为长安屏障，按兵不动，待时而进。河源军使王思礼乘间进言道："今天下以杨国忠召乱，莫不切齿。公当上表请斩国忠，以谢天下，则人皆快心，各效死力矣。"哥舒翰不应。思礼又道："若上表未必便如所请，仆愿以三十骑，劫取国忠至潼关斩之。"翰愕然道："若如此，直是我反，不是禄山反了。此言何可出诸口。"那杨国忠，也有人对他说："朝廷重兵，尽在哥舒翰掌握，倘假人言为口实，援旗西指而为不利于公，将若何？"国忠大惧，寻思无计。忽闻人报贼将崔乾祐在陕，兵不满四千，羸弱无备。国忠即启玄宗，遣使催哥舒翰进兵，恢复陕、洛。翰飞章奏言：

> 禄山习于用兵，岂真无备，其示弱者诱我耳！我兵若轻往，正堕其计。且贼远来利于速战，我兵据险利于坚守。况贼残虐失众心，将有内变，因而乘之，可不战而擒，要在成功，何必务速。今诸道征兵，尚多未集，请姑待之。

玄宗见疏，犹豫未决。国忠心怀疑忌，力持进战之说。玄宗信其言，连遣中使数辈，往来络绎，催督出战。翰见诏旨严敕，势不能止，抚膺恸哭，遂引兵出关，与崔乾祐遇于灵宅。贼兵据险以待，翰引兵前进。见乾祐所率兵马，不过万人，部伍不整，官军望见皆笑之。谁知他已伏精兵于险要之处，方才交兵，乾祐退走，官军追之。忽听连声炮响，伏兵齐起，乘高抛下木石。官军被击死者甚多。隘道之中，人马如束，枪戟不得施用。翰以毡车数十乘为前驱，欲借以冲突。乾祐却以草车数十乘，塞于毡车之前，纵火焚烧。恰值那时东风暴发，风大火烈，烟焰所被，官军不能开目，妄自相杀。乾祐遣将率兵转出官军之后，首尾夹攻。官军大败而走，被杀死者不可胜数。后军见前军大败，亦皆自溃。翰独与麾下百余骑逃走入关。乾祐乘胜攻破潼关。翰走至关西驿，揭榜收散卒，欲图再战。部下番将火拨归仁，心欲降贼，乘翰不意，缚而执之，送至禄山军前。禄山用好言劝他降顺，翰只得归降。禄山命为司空，逼令作书招李光弼等来降。光弼等皆复书切责之。禄山知其无效，乃囚之于后苑中。未知后事如何，再看下回分解。

第二十八回

延秋门君臣奔窜　马嵬驿兄妹伏诛

　　却说玄宗听信杨国忠之言,催逼哥舒翰出战,遂至全军覆没,潼关失陷。于是河东、华阴、冯翊、上洛等处守将,都弃城而走。贼兵乘胜来取长安。报马连忙飞报入朝,玄宗大惊,急召廷臣商议。国忠怕人埋怨他催战之误,倒先大言道:"哥舒翰本当早战,以乘贼之无备。只因战之不早,使贼转生狡谋,堕彼之计。"平章事韦见素道:"轻战而败,悔已无及。为今之计,宜速征诸道兵入援,更命大将督率京中新募丁壮,守卫京城。"玄宗闻奏,问宰相之见若何。国忠奏道:"征兵御贼,督兵守城,固皆要旨。但潼关既陷,长安甚危,贼势方张,渐逼京师,外兵未能聚集,所谓远水难救近火。以臣愚见,莫如车驾暂幸西蜀,先使圣躬安稳,不为贼氛所惊扰。然后徐待外兵之至,乃为万全之策。"玄宗闻奏,未及开言,只见诸臣纷纷议论,皆言不可幸蜀:"若车驾一行,京都谁守?陛下独不为宗庙社稷计乎?"玄宗传谕诸臣,齐赴中书省,再议良策复旨,遂罢朝回宫。看官,你道国忠为何忽倡幸蜀之说?原来他曾为剑南节度使,四川是他的熟径。前日一闻禄山反叛,他即私遣心腹,密营储蓄于蜀中,以备缓急。故今倡议幸蜀,图自便耳。当下国忠见上意未决,想道:"前日天子欲亲征,多亏我姊妹们劝止。今日幸蜀之计,也须得他们去撑笃才妙。"遂走到虢国夫人府中,慌慌张张道:"急走为上,急走为上!"虢国夫人忙问:"何事?"国忠道:"潼关失守,贼兵将至,为今之计,莫如劝圣驾幸蜀。我们有家业在彼,到那里可不失富贵。怎奈众论纷纷,圣意不决。须得你姊妹入宫与贵妃一同劝驾为妙,若更迟延,贼信紧急,人心一变,我辈齑粉矣。"虢国夫人听了,急约韩国夫人一起入宫见贵妃,密将国忠所言述了一遍。姊妹三人同劝玄宗早早幸蜀。你一句,我一句,继以啼泣,不由玄宗不从,遂召国忠入宫共议。国忠道:"陛下若明言幸蜀,廷臣必多异议,必至迟延误事。今宜虚下亲征之诏,一面起驾西行。"玄宗依言,遂下诏亲征,以少尹崔光远为西京留守,内宫边令诚掌管宫门锁钥。既夕,命龙武将军陈玄礼整敕护驾军士,选厩马千余匹备用,总不使外人知道。次日黎明,玄宗与杨妃姊妹,皇太子并在宫的皇子妃、皇孙、杨国忠、韦见素、魏方进、陈玄礼及亲近宦官宫人,出延秋门而去。临行之时,玄宗欲召梅妃江采萍而行,杨妃止之道:"车驾宜先发,余人不妨另日徐进。"于是玄宗遂行。梅妃与诸王孙妃主之在外者,俱不得从。当时百官未知,乃仍入朝,宫门尚闭,立仗俨然。及宫门一启,宫人乱出,嫔御奔逃,宣传圣驾不知何往。秦国模、秦国桢料玄宗必然幸蜀,飞骑追随。其余官员,四出逃之。军民争入宫禁及宦官之家,盗取财宝。公子王孙有一时无可逃者,号泣于路旁,甚可怜悯。那时玄宗西幸,驾过左藏。国忠奏道:"左藏积粮甚多,一时不能载去,将来恐为贼所得,请焚之。"玄宗道:"贼来若无所得,必更苛求百姓,不如留此与之,勿重困吾民。"遂驱车前进。过了便桥,国忠即使人焚桥,以防追者。玄宗闻之咄嗟道:"人各避贼求生,奈何绝其路。"留高力士率军扑灭之。及驾至咸阳望贤官,地方官员俱先逃遁,日已晌午,犹未进食。民献粝饭杂以麦豆,皇孙辈争以手掬食之,须臾而尽。玄宗厚酬其值,百姓都哭失声,玄宗亦挥泪不止,用好言慰谕而遣之。从行军士乏食，听其散往村落觅食。是夜宿金城驿，官民皆走，驿中无灯，人相枕藉而寝，无分贵贱。次日，驾至马嵬驿，将士饥疲，皆怀愤怒欲变。陈玄礼言杨国忠召乱起衅，欲诛之。东官内侍李太国密告太子，未决。会吐蕃使者二十余人来议和好，随驾而行。这日遮国忠马前诉以无食，国忠未及回答，陈玄礼大呼曰："杨国忠交通番使谋反，我等可共杀反贼。"于是从军一齐鼓噪起来，登时把杨国忠砍倒，屠割肢体，顷刻而尽。以枪揭其首于驿门外，并杀其子户部侍郎杨暄。时韩国夫人乘车而至，众军一起上前，也将他砍死。虢国夫人与其子裴徽，并国忠的妻子幼儿逃至陈仓，被县令薛景仙率吏民追着，个个被杀。当日玄宗闻国忠为众军所杀，急出驿门，用好言安慰。各令收队，众军只是喧闹不散。玄宗传问："你等为何不散？"众军哗然道："反贼虽诛，贼根犹在，何敢便散。"陈玄礼奏上众人之意："以国忠既诛，贵妃不宜复侍至尊，伏候圣断。"玄宗惊慌道："国忠谋反与妃子何干？"高力士奏道："贵妃诚然无罪，但众军已杀国忠，而贵妃犹在帝左右，岂能自安。愿皇爷慎思之。将士安，则皇爷安矣。"玄宗默默点头，转步入门，倚杖垂首而立。久之，京兆司铎韦谔（贝素之子也）跪奏曰："众怒难犯，安危在顷刻。愿陛下割恩忍爱，以宁国家。"玄宗乃步入行宫，见杨妃一字也说不出，但抚之而哭。门外哗声愈甚。高力士道："事宜速决。"玄宗携杨妃出驿大哭道："妃子，我和你从此永别矣！"杨妃亦哭道："愿陛下保重，妾负罪良多，死无所恨，乞容礼佛而死。"玄宗令力士引至佛堂，大哭而入。杨妃至佛堂礼佛毕，力士奉上罗巾，促令自缢于佛堂前之梨树下。年三十八。尸置驿庭，召玄礼引众军入观之。众军见杨妃果死，免胄释甲，顿首呼万岁而去。玄宗命力士速具棺殓葬于西郊之外道北坎下。及葬毕，玄宗谓力士道："妃子向有异梦，今日应矣。"力士道："贵妃何梦？"玄宗道："妃子曾说梦与朕闲游骊山，至兴元驿。方对食，后院忽发火。忙走出，回望驿中，树木皆焚。俄有二龙至，朕跨白龙，妃子跨黑龙。忽见一黑人，状如鬼魅，自云是此峰之神，称上帝命授妃子为益州牧蚕元后，悚然而觉，明日即闻范阳叛信。如今想起来，与朕游骊山，骊者离也；方食火发，失食之兆；火为兵象；驿木俱焚，驿与易同，加木于旁，杨字也；朕跨白龙，西行之象；妃子跨黑龙，幽阴之象；峰神者，山鬼也，山鬼乃嵬字；益州牧蚕太后，蚕所发致丝，益旁加丝，缢字也，正缢死于马嵬之兆。"高力士道："梦兆如此，系前缘所定，皇爷宜自宽，不必过于伤情。"正说间，玄礼入奏，请旨约饬军队启行。未知此去如何，且听下回分解。

第二十九回

留灵武储君践位　陷长安逆贼肆凶

却说陈玄礼约饬众军，请旨将欲启行，众人以杨国忠将吏皆在蜀，不肯西行。或请往河陇，或请往太原，或请还京师，众论不一。玄宗意在下蜀，又恐拂众人之意，只顾低头不语。韦谔奏道："太原、河陇，俱非驻跸之地。若还京师，必须有御贼之备。今士马甚少，未易为计。以臣愚见，不如且至扶风，徐图进止。"玄宗闻言首肯，命以此意传谕众人。众人皆从命，即日从马嵬发驾启行。临行之时，有许多百姓父老，遮道请留。玄宗命太子宣慰之。父老曰："至尊既不肯留，某等愿率子弟从殿下，东破贼，取长安。若殿下与至尊皆入蜀，中原百姓谁为之主？"须臾聚至数千人。太子不肯留，策马欲西行。太子之子建宁王炎，与李辅国执鞚谏曰："逆贼犯阙，四海分崩，不因人情，何以兴复。殿下不如收西北边之兵，召郭子仪、李光弼于河北，与之并力，东讨逆贼，克复二京，削平四海，扫除宫禁，以迎至尊，岂非孝子之大者，何必区区温清定省之文，为儿女之恋乎！"众父老共拥太子，马不得行。太子乃使其子广平王俶，驰白玄宗。玄宗道："人心如此，天意可知。是朕之幸也！"命分后军二千人，及飞龙厩马从太子。谕之曰："太子仁孝，可奉宗庙，汝等善辅之。"又使庙臣谕太子曰："汝勉之，勿以吾为念。西北诸部落，抚之素厚，汝必得其用。吾即当传位于汝也。"太子闻诏，西向号泣。广平王即宣谕众百姓道："太子已奉诏，留后抚安汝等。"于是众百姓都呼万岁，欢然而散。太子既留，莫知所适。建宁王道："殿下昔曾为朔方节度大使，将吏岁时致启，傔略识其姓名。今河陇之众，皆败降贼，其父子兄弟，多在贼中，恐生异图。朔方道近，士马全盛，河西行军司马裴冕在彼，此人乃方冠名族，必无二心，可往就之。此上策也。"众皆曰善，遂向朔方而行。至渭水滨，遇着潼关的败兵，误认为贼兵，与之厮斗，死伤甚众。及收取余卒，渡过渭水，通夜驰行三百余里，士卒失亡过半，所存军众，不上一千。

话分两头，再说玄宗留下太子，车驾向西而进，来至扶风郡宿歇。士卒连日饥疲，流言不逊，陈玄礼不能制。玄宗甚以为忧。会成都来进贡春彩十余万匹，玄宗命陈之于庭，招将士谕之曰："朕衰耄了，托任失人，致逆贼作乱，远避其锋，卿等仓促从朕，不及别父母妻子，跋涉至此，劳苦至矣。朕甚愧之。今将入蜀，道路阻长，人马疲瘁，远行不易。卿等可各还家，朕自与子孙中官内人前往。今日与卿等别，可共分此春彩，以助资粮，归见父母妻子及长安父老，为朕致意，各好自爱。"言罢涕泪沾襟，众皆感激，亦泣道："臣等死生，愿从陛下，不敢有二。"玄宗挥泪良久道："愿留听卿。"即命玄礼将春彩尽数给赏军士，流言自此顿息。次日，玄宗起驾，往蜀中进发。行至河池，蜀郡长史崔圆前来迎驾，具陈蜀士丰稔，甲兵全备。玄宗大喜，即命于驾前为引导。不则一日，来至成都。见殿宇宫室与一切供御之物，虽都草创不甚整齐，却喜得贼气已远，可安居。只是少了一个宠爱的人，未免嗟叹。当时诸臣上表，请亟为讨贼之计。玄宗降诏，以永王璘为山南、东道、岭南、黔中、江南节度使，以长沙太守李岘为副都大使，即日同赴江陵坐镇。又诏以太子充天下兵马大元帅。那知此诏未下之先，太子已正位为天子了。

原来太子当日渡渭水，于平凉阅监牧马得几万匹，又募得勇士三千余人，军势稍振。时有朔方留后杜鸿渐，运使魏少游，判官崔漪、卢简、李涵，相与谋曰："平凉散地，非屯兵之所。灵武兵食完富，若迎太子至此，北收诸城兵，西发河陇劲骑，南向以定中原，此万世一时也。"于是，杜鸿渐自迎太子于平凉，说以兴复之计。会河西司马裴冕至，亦劝太子往灵武。于是太子率众至灵武驻扎。次日，裴冕与杜鸿渐等上太子笺，请遵马嵬时欲即传位之命，宜早正大位，以安人心。太子不许，笺五上。太子及许之。是日即位于灵武，是为肃宗皇帝，改元至德。尊玄宗为上皇天帝。裴冕、杜鸿渐等，俱加官进秩。正欲表奏玄宗，恰好玄宗命太子为元帅的诏到了。肃宗遂遣使赍表入蜀，将即位之事奏闻。玄宗览表喜道："吾儿应天顺人，吾更何忧。"遂命房琯与韦见素、秦国模、秦国桢赍玉册、玉玺，赴灵武传位，且谕诸臣，不必复命，即留行在，听新君任用。肃宗涕泣，拜领册宝。

看官，你道当日玄宗西狩，太子北行，为何没有贼兵来追袭？原来安禄山不意车驾即出，戒约潼关军士，勿得轻进。贼将崔乾祐顿兵观望。及数日后，禄山闻知车驾已出，方遣孙孝哲督兵入京。贼众既入京城，见左藏充盈，便争取财宝，日夜纵酒为乐。差人往睢阳报知禄山，因此无暇遣兵追袭，所以车驾得安行入蜀，太子往朔方，亦无阻隔。此亦天意也。及禄山至长安，闻知马嵬兵变，杨妃赐死，国忠与韩、虢二夫人俱被杀，大哭道："杨国忠是该杀的，却如何害我阿环姊妹。"又想起其子安庆宗被杀，益发愤恨。乃命人大索在京的皇亲国戚，尽行杀戮。令设安庆宗灵位，将所杀之尸，悉剜取其心以祭。行刑刽子方欲动手剜心，忽天昏地暗，狂风大作，雷电交加，霹雳一声把安庆宗的灵座击得粉碎。禄山大惧，不敢设祭，命将众尸一一埋葬。又下令凡平日所怨恶之人，及杨国忠、高力士所亲信的人，一并杀戮。又遣人遍搜各宫，搜到梅妃江采萍宫，获一腐败女尸，便错认梅妃已死，更不追求。又下令凡在京官员不来投顺者，悉皆处死。于是京兆尹崔光远、故相陈希烈、尚书张均、太常卿张垍等俱降贼。禄山以陈希烈、张垍为相，仍以崔光远为京兆尹。其余朝士，都授以伪官。自此禄山志得意满，纵酒贪婪无复西出之意，遂心恋东京，不喜居西京。正是：恋土贼人态，要窃燕皇名。未知后事如何，再看下回分解。

第三十回

凝碧池乐工殉节　普施寺摩诘吟诗

却说安禄山僭号称尊，东、西二京都被窃据。他只是乱贼行径，并无深谋大略，一心想恋着范阳故土，喜居东京，不乐居西京。既入长安，所得若干宦官、宫女等，即以兵卫送赴洛阳。其府库中金银币帛与宫闱中珍奇好玩之物，都辇去范阳贮藏。又下令，要梨园弟子与都坊乐工，都与向日一般承应，敢有隐避不出者，以行斩首。其苑厩中所有驯象舞马等不许散失，都要有司中整顿，以备玩赏。

看官听说，原来玄宗注意声色，每大宴集，先设太常邪乡，有坐部，有立部。那坐部诸乐工，俱于堂上坐而奏技；立部诸乐工，则于堂下立而奏技。雅乐奏罢，继以鼓吹番乐。然后教坊新声与府县散乐杂戏，次第毕呈。更可异者，每至宴酣之际，命御苑中掌象的象奴，引驯象入场，以鼻擎杯跪于御前上寿，都是平日教习的，又尝教习舞马数十匹，每当奏乐之时，命圉人牵马至庭前，那些马一闻乐声，都仰首顿足，回翔旋转舞将起来，却自然和着那乐声的节奏。当年禄山侍宴旁观，心怀艳羡，早已萌下不良之念。今日反叛得志，便欲照样取乐。一日，诸番部落的头目，闻禄山得了西京，都来朝贺。禄山欲以神奇之事，夸哄他们，乃召集众番人赐宴，对众人言曰："我今受天命为天子，不但人心归附，就是那无知物类，莫不感格效顺；即如御范中所畜的象，见我饮宴，便来擎杯跪献；那御厩中的马，闻我奏乐，也都欣喜舞蹈，岂非神异之事。"众番人俱俯伏呼万岁。禄山传令，先着象奴牵出象来。不一时，象奴将数十头驯象，一起牵至殿庭之下，众番人俱注目而观，要看他怎样擎杯跪献。不想这些象往殿上一看，只见南面而坐者不是前时天子，便怒目直视。象奴将酒杯先送到一个大象前，要他擎着跪献。不想那象却把鼻子卷过酒杯来，抛去数丈。左右尽皆失色，众番人掩口窃笑。禄山又羞又恼，大声骂道："孽畜恁般可恶。"喝把这些象都牵出去，尽行杀却。于是辍宴罢席，不欢而散。禄山被象出了丑，因想那些舞马或者也倔强起来，亦未可知，不如不要看他吧，遂令将舞马尽数编入军营马队中去。自此禄山恣意杀戮。闻前日百姓乘乱盗取库物，遂下令着府县严行追究，且许旁人首告。于是株连蔓引，搜捕穷治，殆无虚日。又有刁恶之徒，挟仇诬首。有司不问情由，辄便追索，波及无辜，身家不保。民间骚然，益思唐室。相传太子北收兵，来取长安，即日将至，或时宣称："太子大军至矣！"百姓奔走出城，市里为之一空。贼望见北方尘起，相顾惊慌。禄山料长安不可久居，不若早回范阳。乃以张通儒为西京留守，安忠顺为将军，镇守关中，又命孙孝哲总督军事。宣谕诸将，自己与次子安庆绪领军还守东都。却于起行之前一日，大宴文武官于御苑凝碧池上。传谕梨园子弟、教坊乐工，都要来承应。这些乐工，唯李暮、张野狐、贺环智等数人，随驾西去，其余如黄幡绰、马仙期等众人在京，不得不凭禄山拘唤，只有雷海清托病不至。那日凝碧池头殿上，排下许多筵席。禄山上坐，庆绪侍坐于旁，众人依次列坐于下。酒行三巡，先大吹大擂，奏过军中之乐。然后梨园子弟、教坊乐工分五队而进。其旗幡巾带衣服，各分青、黄、赤、白、黑。穿青者立于东，穿白者立于西，穿赤者立于南，穿黑者立于北，穿黄者立于中央。每队中，为首押班、乐官各一人，乐工子弟各二十人，唯中央乐工子弟四十人,共一百三十人。齐齐整整,各依方位而立。禄山问道:"你等乐官都到齐吗?"众官道:"诸人俱到,只有雷海清患病在家不能同来。"禄山道:"雷海清是有名的乐官,他若不到,不为全美,可着人去唤他来,就是有病也须扶病而来。"左右领命,如飞去了。禄山令众乐人,各自奏技。于是凤箫龙笛、象管鸾笙、金钟玉磬、秦筝羯鼓、琵琶手拍,一霎时吹弹敲击,声韵铿锵,真个悦耳动听。忽见五面大幡一起移动,引着众人盘旋错纵,往来飞舞;五色绚烂,合殿生风,口中齐声歌唱。歌罢舞完,乐声才止,依旧按方位立定,禄山看了大喜,掀髯称快,说道:"我想李三郎平时费了多少心力,教成这班歌儿,如今被我赶出,自己不能受用,倒留下与我受用,岂非天数。"众乐人听了这话,伤感于心,不觉堕泪。禄山早已瞧见,怒道:"朕今日欢宴,众乐人何得作此悲伤之态。"令左右查看,若有泪容者,即行斩首。众乐人大骇,连忙拭泪。忽闻庭中有人放声大哭。你道是谁?原来是雷海清被禄山遣人逼来。及来到庭中,闻禄山说这些狂言悖语,且又恐吓众人,遂激起忠烈之性,高声痛哭,奋身上殿,把案上陈设的乐器尽扫于地,指着禄山大骂道:"你这逆贼,受天子厚恩,负心背叛,罪当万剐,还敢胡说乱道。我雷海清虽是乐工,颇知忠义,怎肯伏侍你这反贼。"禄山气得目瞪口呆,一句话也说不出,只叫:"快砍了,快砍了。"众人扯雷海清下殿,乱刀砍死。禄山命辍去宴席,将众乐人拘禁候发落。忽见探马来报,太子已在灵武即位,今以山人李泌为军师,命广平王、建宁王与郭子仪、李光弼等分统军马,恢复两京。禄山闻报,遂令起马回东京,另议调遣军将应敌。临行之时,禄山乘马过太庙,遂命军士将太庙放火焚烧。军士领命,顷刻间四面放起火来,禄山立马观之。火方发,只见一道青烟,直冲霄汉。禄山仰面观看,不想那烟头随即下来,直冒入禄山目中。登时两目昏迷,泪流如注;不便乘马,另驾轻车往东京而去。自此禄山害了眼病,医治不痊,竟成双瞽。按下慢表。

且说雷海清死节一事，人人传述，个个称扬，因感动了一个有名的朝臣。那朝臣不是别人，就是给事中王维，字摩诘，太原人氏，开元年间进士及第，天性友孝，与其弟俱有才名。当禄山反叛、上皇西幸之时，不曾随驾，为贼谋，乃服药取痢，佯为喑疾，不受伪命。禄山素重其才，不曾杀害，遣人送至范阳，拘于普施寺中养病。一日闻人言雷海清殉节于凝碧池，因细询缘由，备悉其事，十分伤感，望空而哭。想那凝碧池在宫禁之中，忽被贼人在彼宴会，提起伤心的事，遂取纸笔，题诗一首云：

　　　　万户伤心生野烟，百官何日再朝天。
　　　　秋槐落叶空宫里，凝碧池头奏管弦。

王维这诗不过是自写悲感之意，也不曾赞到雷海清，也不曾把出与人看，不想竟被人传诵出去。未知如何，且听下回分解。

第三十一回

安禄山屠肠殒命　南霁云啮指乞师

却说西京乐工子弟，被禄山带至东京。他们都是久仰王维大名，今闻其被拘在普施寺，便常常到寺中来问候。因有得见此诗者，你传我诵，直传至肃宗御前。肃宗闻之，动容感叹，便时时将此诗吟诵。及至贼平之后，那些降贼与陷于贼中的官员，分别定罪。王维虽未曾降贼，却也是陷于贼中，该有罪名的了。肃宗因记得他《凝碧池》这首诗，嘉其有不忘君之意，特赦其罪，仍以原官起用。这是后话。

却说禄山自两目既盲之后，愈加暴戾。左右供役之人，稍不如意，即加鞭挞，或时竟就杀死。他有个贴身服侍的内监，叫作李猪儿，日夕不离左右，不知受了多少鞭挞。更可笑者，那严庄是他极亲信的大臣，或一言不合，亦不免于鞭挞。因此内外诸人都怀怨恨。禄山向已立安庆绪为太子。后有爱妾段氏生一子，名唤庆恩，禄山因爱其母并爱其子，意欲废庆绪而立庆恩为嗣。庆绪闻知，又兼屡被鞭挞，心中惊惧，恐有性命之忧。一时计无所出，乃私召严庄入宫，屏退左右，密与商议，要求一保身之策。严庄这恶贼是惯劝人反叛的，近又受了禄山鞭挞之辱，愤恨不过。平日见庆绪生性愚痴，易于拨弄，常自暗想："若使他一旦袭了位，便可凭我专权用事。"今因他求计保身，就乘势劝他弑逆之事，因说道："殿下处今之时，度今之势，若束手则必至于死；若欲不死，却束不得手了。俗谚云，'君要臣死，不得不死；父要子亡，不得不亡。'说便如此说，但人急则计生。即如主上与唐天子，岂不是君臣，况又曾为杨妃义儿，也算君臣而兼父子了。只因后来被他逼得慌，却也不肯束手待死，竟兴动干戈起来，彼遂无如我何。不但免于祸患，且攻城夺地，正位称尊，大快平生之志。以此推之，可见凡事须审时度势，敢作敢为，方可转祸为福。但不知殿下能从此万无奈何之计，行此万不得已之事否？"庆绪听了，低头一想，便道："先生深为我谋，我敢不敬从？"严庄道："然虽如此，必须假手于一人。此非李猪儿不可，臣当密谕之。"遂辞别出宫，恰好遇见李猪儿于宫门首，就约他："于晚夕到我府中来，有话相商。"至晚，李猪儿果至，严庄置酒于密室，两人相对小饮。严庄叹道："近来主上暴厉，诸臣屡被鞭挞，即太子之贵，亦常遭鞭挞。奈何？"李猪儿道："太子岂止被鞭挞？而此近来主上有废长立少之意，太子将来还有不可知的事，未知太子知之否？"严庄道："太子岂不知之。日间正与我共虑此事。我想太子为人仁厚，若得他早袭大位，我你正有好处。不知当用何策可使主上禅位于太子？"李猪儿摇手道："主上如此暴戾，谁敢进此言。"严庄道："若不然，我是大臣或者还存些体面。你屈为内侍，将来不止于鞭挞，只恐喜怒不常一时断送了性命。"李猪儿听说，不觉攘臂拍胸道："人生在世，总是一死。与其无罪被杀，何如惊天动地做他一场，拼得碎尸万段，也还留名后世。"严庄引他说出此话，便把日间与太子商议之言实告："我因想着足下，必与我同心，故约你来相商。"李猪儿道："既如此，事不宜迟，只有明夜，趁他两目作痛不与女人同寝，独宿于便殿，正好动手。"言讫，作别而去。次日黄昏时候，庆绪、严庄各暗带短刀，托言奏事，直入便殿门来，值殿官不敢阻挡。此时，禄山已安寝于帏帐之内。李猪儿持刀突入帐中，禄山目盲，不知有人来。李猪儿揭去其被，见禄山袒着大腹，即把刀直砍其腹。禄山腹痛，以手撼帐竿道："此必是家贼也。"口中说话，那肚肠已流出数斗。遂大叫一声，呜呼哀哉了。时肃宗至德二载正月也。可恨此贼，背君害民，罪恶滔天，竟受此弑逆之报，可见天道昭彰也。时左右侍者，相与惊骇。庆绪与严庄各持短刀，喝叫不许声张。众人见是庆绪与严庄做主，便都不敢动。严庄令人就榻下掘地深数尺，以毡裹其尸而埋之，戒宫中勿泄漏。次早，宣言禄山疾急，命传位于庆绪。于是庆绪即伪位，密使人将段氏与庆恩缢死，伪尊禄山为太上皇，重加诸将官爵，以悦其心。过了几日，方传禄山死信，命群臣不必入宫哭灵，密起其尸，草草成殓，发丧埋葬。自此庆绪日以酒色为乐，凡禄山所宠的姬妾，都与淫乱，大小诸事，俱取决于严庄，封严庄为冯翊王。严庄使伪汴州刺史尹子奇，引兵十三万攻睢阳，睢阳太守许远求救于雍邱防御使张巡。

且说张巡在雍邱，那南霁云、雷万春，已投入麾下为郎将。当车驾西幸之时，贼将令狐潮来攻雍邱，张巡率诸将悉力拒守。围困已久，城中缺箭。张巡命做草人千余，蒙以黑衣，乘夜垂下城去。贼兵惊疑，放箭乱射，遂得箭无数。次夜仍复以草人缒下，贼都大笑，更不为备。张巡乃选将士五百人缒下去，径砍贼营。贼军出于不意，一时大乱，弃营而奔，杀伤甚众。令狐潮愤怒，亲自攻城，张巡使雷万春登城探视时，雷万春闻其兄雷海清殉节的消息，十分哀愤，才哭得过，便咬牙切齿，上城观望。不防贼人连发弩箭，万春面上连中六矢，只是挺然立着不动。令狐潮疑为木偶人。及见万春用手拔箭，流血披面，方询知是雷万春，大为骇异，甚服张巡军令。少顷，张巡引兵出战，大破贼兵，令狐潮败入陈留。忽探马来报，说贼将杨朝宗引兵袭取宁陵，断我后路。张巡引兵至宁陵击破之。至是，尹子奇来袭睢阳，许远因兵少，遣使至张巡处求助。张巡闻知，即引兵三千人马至睢阳，合许远所部兵，不过七千人。张巡与南霁云、雷万春等数将，并力出战，屡次得胜。南霁云射中子奇左目，子奇败退入营。自此，许远将战守事宜，悉听张巡指挥。睢阳被围日久，城中粮少，渐已告匮，每人只日给米一二合，唯以茶、纸、树、草为食。贼兵攻城愈急，张巡乃修守具，所为皆应机立办。贼服其智，不敢复攻，但于城外，列营围困。张巡、许远分门而守。时许叔冀在淮郡，贺兰进明在临淮，皆拥兵不救。而临淮与睢阳左近，巡乃令霁云犯围而出，告急于进明。谁知进明素与许叔冀不睦，一来恐分兵他处，或为所袭；二来又心怀妒忌，不欲张巡、许远成功，竟不发兵，说道："此时睢阳当已失陷，我即发兵，已无及矣。"霁云道："睢阳死守待救，大兵速去，必不至失陷。若果失陷，仆请以死谢大夫。"进明只是不允，心爱霁云勇壮，意欲留之。遂命设宴款客，以待霁云。霁云哭道："仆来时，睢阳城中，已不食月余矣。今欲独食，安能下咽。大夫坐拥强兵，曾无分灾救患之意，岂忠臣义士之所为乎？"因啮落一指，以示进明道："仆既不能达主将之意，请留一指以示信。归报主将，与同死耳。"座客皆为泣下。进明决意不救，度霁云不可留，竟谢遣之。霁云去至宁陵，与偏将廉坦，引数百骑冒围至睢阳城下，与贼力战。砍坏贼营，方得入城。城中人知无救，皆恸哭。或议弃城东走。张巡、许远晓谕众人道："睢阳乃江淮保障，若弃之去，贼必长驱东下，是无江淮也。且我众饥羸，走必不远，必遭残杀。临淮虽不肯相救，诸镇岂无一仗义者，不如紧守以待之。但城中绝粮，何忍强留你众同受饥饿。今请众自便，我二人为朝廷守土之官，义当以身殉之，不敢言之去也。"众人闻之感激，愿同心以守城。茶、纸食尽，杀马而食；马食尽，罗雀掘鼠而食；雀鼠亦尽，张巡杀其爱妾，许远烹其家僮，以享士卒。人心愈加感激。明知必死，终无叛志。又过几日，将士饥馁患病，不能拒守。贼遂登城，巡向西再拜道："臣力竭矣，生既无以报陛下，死当为厉鬼以杀贼。"城遂陷，巡、远及诸将皆被执。尹子奇将许远解赴范阳，张巡与南霁云、雷万春等共三十六人皆遇害。后许远亦死节于京师，张巡至死神色如常，霁云、万春等都骂不绝口而死。未知后事如何，且听下回分解。

第三十二回
李暮石上逢怪虎　老翁船中惊蛟龙

词曰：

　　声音入妙感仙家，月夜引仙槎。只嫌笛管未全佳，吹破共嗟呀。　　更惊弈理通仙道，决胜负数着无加，只将常势略谈些，国手已堪夸。

　　　　　　　　　　　　　　　　　　　　——右调《月中行》

　　却说河南节度使张镐，闻睢阳危急，引兵倍道来援，犹恐不及。先遣飞骑驰檄谯郡太守闾丘晓，使引本部先往。闾丘晓素傲，不奉节制，竟不起兵。及张镐至，城已破三日矣。镐大怒，遣武士擒闾丘晓到军前，杖杀之。即移书于贺兰进明，责其不救睢阳。恰闻朝廷有旨，命张镐镇临淮，进明移驻别镇。张镐乃率军攻打睢阳，与尹子奇大战。正战之间，忽然阴云四合，寒风扑面。贼兵都闻鬼哭神呼之声，空中如有鬼兵来冲突。一时大乱，四散狂奔。子奇只得弃了睢阳，退奔陈留。谁想陈留百姓，恨其荼毒睢阳，又痛惜忠良被害，遂出其不意，杀将起来。斩了子奇，开城迎降。张镐安民已毕，分兵留守，引众回镇。

　　再说上皇在蜀中，闻安禄山焚毁祖庙，杀害宗室，残虐臣民，拊心顿足，十分哀痛。随又传闻安禄山已死，乃嗟恨道："朕恨不及手斩此贼也。"因追念故相张九龄，昔年曾说禄山有反相，不宜宥其死，当时若从其言，何至有今日之祸。特遣中使往曲江祭之，厚恤其家。因降手诏，命朝臣查录一切死难忠臣，申奏新君，并加恤典，不得遗漏。忽见乐工张野狐入奏道："梨园旧人黄幡绰向羁贼中，今从东京逃来，甚欲见驾。只因失身陷贼，恐上皇爷欲加之罪，故逡巡未敢进。"上皇道："汝等俳优之辈，安能尽如雷海清这般殉节。但他既从贼中来，必知海清殉节之详，朕正要问他，可便唤来。"左右领旨，将黄幡绰宣到。幡绰叩首请罪，上皇赦其罪。问道："雷海清殉节于凝碧池之日，谅你所目睹，汝可详细奏来。"幡绰便把那日禄山设宴奏乐，众乐工感伤堕泪，雷海清如何大哭，骂贼而死，自始到末，一一奏闻。上皇叹息道："乐工且能尽忠如此，彼张均、张垍辈，真禽兽不若矣。"又问幡绰道："汝于此时亦曾坠泪否？"幡绰道："触目伤心，自然堕泪。"时内监冯神威在侧，平日与幡绰不睦，因奏道："幡绰此言妄也，奴婢闻人传说，幡绰在贼中，谄奉禄山。禄山曾梦纸窗破碎，幡绰解云，此为照临四方之兆。禄山又梦自身袍袖甚长，幡绰又解云，此所谓垂衣则天下治。如此进谀，岂是肯堕泪者。"上皇即问幡绰："汝果有此言否？"那幡绰本是个极滑稽善戏谑的人，那时闻了此言，从容奏道："禄山果有此梦，臣亦果有此言。臣因禄山有此不祥之二梦，知其必败，故不直言以取祸，只以巧言对之，正欲留此微躯，再观天颜耳。"上皇道："怎见得二梦不祥？"幡绰道："纸窗破者，不容胡也。袍袖长者，出手不得也。岂非必败之兆乎！"上皇听说，不觉大笑，遂命仍旧供御。

忽一日，又有一个梨园旧人到来。你道是谁？却是笛师李暮。原来李暮于大驾西行时，同着一个从人奔走随驾，不想走迟了些，失落在后，遇着哥舒翰的败军冲来，前路难行，忙逃入山谷中躲避。谷中有座古寺，寺僧询知是御前奉侍之人，不敢怠慢，留他暂寓，住了数日。一夕，月明风清，从人先自去睡，李暮心中烦闷，且不即睡，便向囊中取笛儿，独自步出寺门，在一大树下石上坐着，把笛吹起。真个声音嘹亮，响彻山谷。才吹罢，忽见林中走出一个大汉来。李暮视之，乃一虎头人也，心中大骇。那虎头人身穿白衣，露腿赤足，就寺门槛上，箕踞而坐，说道："笛声甚妙，可再吹一曲。"李暮不敢不吹，只得按定心神，吹起一调。虎头人听得舒适之际，不觉睡去。横卧于槛上，鼾声如雷。李暮欲待跨入寺门槛去，又恐惊醒他，不是耍处。回首四顾，没处藏身，只得将笛儿安放草间，尽力爬上那大树极高处，借树叶遮身，作一堆伏着。不移时，虎头人醒来，不见了吹笛的人，懊叹道："恨不早食之，却被他走了。"遂立起身，向空长啸数声，便有十余只虎跳跃而至，向虎头人俯首伏地。虎头人道："适有一吹笛小儿，乘我睡熟，因而逃脱。我方才当槛而卧，谅彼不敢入寺，必奔往他处，你等可分路索之。"众虎遂四散奔去，虎头人依然踞坐。约五更以后，众虎俱回，说道："我等四路追寻不获。"正说间，恰值月落斜照，见有人影在树上。虎头人笑道："这小儿原来在这树上。"乃与众虎望着树上，跳身攫取。幸那树甚高，跳攫不及。李暮吓得魂不附体，几乎坠下。忽闻空中有人喝道："此人乃御前之人，汝等孽畜，不得猖獗。"于是虎头人与众虎俱各散去。少间天曙，仆从来寻，李暮方才下来。见那笛原在草间，依旧拾起步入寺中，因受惊恐，卧病数日。病愈，方欲起行，适有旧相知的京官皇甫政，新任越州刺史，因赴任偶宿此寺，遇见李暮，问其何往。李暮道："将欲西行，追随大驾。"皇甫政道："近日西边兵马充斥，难以行走。不如且同我到越州暂住，俟稍平静，西行未迟。"李暮应诺，遂别寺僧，随皇甫政至越州。一日，皇甫政公事之暇，见月白风清，一时高兴，欲游镜湖，令人具酒肴于舟中，约集僚友同李暮泛湖饮宴。但见月光如水，水光映月，放舟而行，如游天际。众官饮至半酣，皆向李暮请教笛韵。李暮就取出笛儿吹起，其声音之妙，真足以怡情悦耳，听者无不啧啧称叹。一曲方终,只见前面有一叶扁舟,一童子鼓棹而行。船上立着老翁,高声叫道:"大好笛音,肯容我登舟一听否?"众人于月下视之,见那老翁葛巾野服,衣貌堂堂,知非常人,不敢轻慢。遂请他过大船,以礼相见。就座后,老翁道:"偶游月下,忽闻笛声甚佳,故冒昧至此,欲有所陈。"李暮道:"拙技不足污耳,承翁丈闻声而来,定是知音,正欲请教大方。"老翁道:"顷所吹者,乃紫云回曲也,此调出自天宫,今尊官已得其妙,但所吹之笛,乃紫纹竹所造。此竹生在云梦之南,于每年七月望前生。但今年七月望前生,必须于明年七月望前伐。若过期而伐,则其音窒;先期而伐,则其音浮。适间细听笛声,有轻浮之意,当是先期而伐者。此但可吹和平繁靡之调,若吹金石清壮之调,笛管便将碎裂。"李暮听了,口虽唯唯,心还未信。老翁道:"公如不信,老朽请一试之。"遂取过李暮所吹的笛儿吹起一曲金石调来,果然其声清壮。及吹之入破之时,众人正听得好,忽的刮刺一声,笛儿裂作两半。众方惊服。老翁笑道:"损坏佳笛,如之奈何?老巧偶带得二笛,在此当以其一奉偿。"遂向衣裾下取出二笛,一长一短,乃以短者送李暮道:"便请试吹。"李暮接来一吹,果然应手应口,心中欢喜,再三称谢。皇甫政道:"从来说宝剑赠与烈士,红粉寄与佳人。老丈既以敝友知音,何不并将那一笛惠赐之。"老翁道:"那一笛非人间所宜吹,即使相赠,亦未必能吹。"李暮道:"小子愿一试之。"老翁便把那笛递过。李暮吹之再四,都不入调,且亦不甚响,乃言道:"此笛量非老丈不能吹,必求赐教。"老翁摇头道:"人间吹不得。"李暮道:"人间吹了便怎么?"老翁笑道:"尊官前日山谷中所吹人间之笛,尚且有虎妖闻声而至。今于湖中吹动那一笛,岂不大惊蛟龙乎?"众人道:"不信有这等事。"老翁道:"诸公不信,老朽试略吹之。倘有变动,幸勿惊讶。"遂取过那笛,信口一吹。其声震耳,树头宿鸟俱惊飞叫噪。到五六声之后,只见月色惨黯,大风顿作,湖水鼓浪,巨鱼腾跃,举舟之人大骇。都道莫吹。

老翁大笑，起身告别。李暮道："还不曾拜问大名？"老翁笑道："前宵于空中喝退虎妖者，即我也。不须更问姓名。"遂跳入小舟，忽然不见。众人大惊。自此李暮得了仙笛，其技愈精。皇甫政打听得路途稍通，即遣发起行。不则一日，来到蜀中。先投谒高力士，引至上皇驾前朝见。李暮将途中遇仙之事，从容启奏，上皇闻言，十分叹异，仍令供御。忽见肃宗遣使来奏，言永璘王谋反，称帝于江南。上皇大怒，命速遣将讨之。未知后事如何，且听下回分解。

第三十三回

郭令公上表报恩　广平王立功奏绩

却说肃宗自灵武即位后，即命郭子仪为兵部尚书，灵武长史李光弼为户部尚书、北都留守并同平章事。又遣使征召李泌。那李泌字长源，京兆人氏，生而颖异，身有仙骨，至七岁便能吟诗作赋，聪慧异常。开元年间，上皇闻知，遣中使召之。李泌应召而至，朝拜之际，礼仪娴雅，应答无穷。上皇嘉之，厚加赐赉，命于翰林院读书。及长，欲授以官职，李泌辞谢，乃与太子为布衣交。太子甚相敬爱，李林甫、杨国忠都忌之。李泌遂告归，隐居颍阳。至是，肃宗思念旧交，遣使征至行在，待以殊礼，事无大小皆与商酌，欲命为右相，李泌固辞。一日，肃宗于袖中取出敕书一道，以李泌为侍谋军国元帅府行军长史，李泌又辞。肃宗道："朕非敢相屈，期共济艰难耳。俟贼平任行高志。"李泌方受命。肃宗欲以建宁王倓为大元帅，李泌曰："建宁王果堪做元帅，然广平王居长，若建宁王功成，岂可使广平王为吴泰伯。陛下独不见太宗、上皇之事乎？"肃宗道："卿言是也。"李泌退朝，建宁王迎谢道："顷闻先生奏对之言，正合吾心，吾受赐多矣。"李泌道："殿下孝友如此，真国家之福也。"

于是肃宗以广平王为天下兵马大元帅，郭子仪、李光弼等所部之军,俱属统率。郭子仪以河北居两京之间,得河东而后两京可图。时贼将崔乾祐守河东,子仪密使人入河东与唐官之陷于贼中者约为内应,内外夹攻。崔乾祐不能抵御,弃城而逃。子仪引兵追击,斩杀甚众,乾祐仅以身免,河东遂平。肃宗闻知,即以郭子仪为天下兵马副元帅,正谋恢复两京。忽报永王璘反于江陵,僭称帝号。原来永王璘出镇江陵,骄蹇不恭。及闻肃宗即位灵武,乃与其部将商议,以为"太子既遽自称尊,我亦可据有江表,独帝一方"。遂举兵反,自称皇帝。思欲招致有名之士,以为民望。闻知李白退居庐山,遂遣使征之。李白辞不赴,永王璘使人伺其出游,要之于路,劫至江陵。欲授以官,李白决意不受,永王璘遂羁禁他,不放还山。肃宗闻永王璘作乱,一面表奏上皇,一面遣淮南节度使高适、副使李成式,引兵追讨。时内监李辅国,阴附宫中张良娣,专权用事。于是李辅国奏称,原任翰林大学士李白,现为逆藩永王璘谋主,宜诏刑官,注名叛党,俟事平日,按律治罪。你道李辅国为何忽有此奏?只因李白当初在朝,放浪诗酒,品致高尚,全不把这些宦官看在眼里,所以此辈都不喜欢他。今辅国乘机奏,是欲报私怨。不料肃宗听信,传旨法司注名。早惊动了郭子仪,他想:"昔年李白救我,今安可坐视?"即上一表,其表略曰:

> 臣伏观原任词臣李白,昔蒙上皇之恩,不次擢用,乃竟辞荣退隐,斯其为人可知。今不幸为逆藩所逼。臣闻其始而却聘,继乃被劫;伪命屡加,坚意不受;身虽羁困,志不少降。而议者辄以叛人谋主目之,则亦过矣。臣请以百口,保其无他。待事平之后,倘不如臣所言,臣与百口,甘伏国法。

肃宗览表,命法司存案,待事平日,查明定夺。后永王璘兵败自尽,有司拘系从逆之人,候旨处决,李白亦被系狱中。朝廷因郭子仪曾为保救,特遣官体勘。回奏李白系被逼胁,罪亦减等。有旨:李白长流夜郎，其余从逆者，尽行诛戮。至乾元年间，李白赦回，行至当涂县，于舟中对月饮酒，大醉。欲捉水中之月，坠水而卒。当时江畔之人，恍惚见李白乘鲸鱼升天而去。这是后话不题。

且说建宁王愤李辅国、张良娣二人表里为恶，屡于肃宗前直言二人许多罪恶，二人乃互相谗谮，诬建宁王欲谋害广平王，急夺储位。肃宗大怒，赐建宁王死。李泌欲谏，已无及矣。至德二载，肃宗驾至凤翔，命广平王与郭子仪等恢复两京。子仪以番人回纥兵马精锐，请旨征其助战。回纥可汗遣其子叶护，领兵一万前来相助。肃宗许以重赏，叶护请于克城之日，土地士庶归朝廷，金帛子女归回纥。肃宗急于成功，只得许诺。遂聚兵马与回纥西域之众，共十五万，克日启行。李泌献策，请先攻范阳捣其巢穴，使贼无所归，然后大兵合而攻之，贼必灭矣。肃宗道："朕定省久虚，急欲先恢复西京迎回上皇，不能待此矣。"遂令兵马往西京进发。行至长安城西，阵于沣水之东，李嗣业领前军，广平王、郭子仪、李泌守中军，王恩礼统后军。贼众十万阵于其北，贼将李归仁出挑战，官军逐之，贼军齐起，官军稍却。李嗣业肉袒执戈，身先士卒，大呼奋击，立杀数十人。官军气壮，各执长刀，如墙而进，贼众不能抵挡。又贼伏精骑于阵东，欲袭官军之后。子仪探知，急令仆固怀恩引回纥兵往击之，斩杀殆尽。嗣业又与回纥出贼阵后，与大军夹攻，自午至酉，斩首六万。贼兵大溃，余众走入城中。天明探马来报，贼将归仁等俱已遁去。大军遂入西京，叶护欲如前约，掠取金帛子女，广平王下马拜于叶护马前道："今方得西京，若便俘掠，则东京之人，皆为贼固守，难以复取。请至东京，乃如约。"叶护惊跃下马答拜道："当为殿下即往东京。"遂与仆固怀恩引回纥西域之兵，自城南过，营于沣水之东。百姓老幼，见广平王为民下拜，无不夹道欢呼。广平王驻西京三日，留兵镇守，遂引大军东出。捷书至行在，肃宗即遣中使啖庭瑶赴蜀奏闻上皇，请回京复位。一面遣官入西京，祭告宗庙，宣慰百姓；一面以快马召回李泌。李泌驰至凤翔入见，肃宗道："朕已表情上皇。东归复位，朕退居东宫，以尽子职何如？"李泌道："上皇不来矣。"肃奉惊问何故，李泌道："陛下即位已历二载，今忽奉此表，上皇心疑，且不自安，怎肯复归。"肃宗爽然自失，顿足道："今将奈何？"李泌道："今可更为群臣贺表，言自马嵬请留，灵武劝进，及今成功，圣上思恋晨昏，请速还京，以尽孝养。如此则上皇心安，东归有日矣。"肃宗道："是。"即命泌草表，立遣中使，星夜入蜀奏闻。不则一日，中使还。言上皇初得表章，仿佛不能食，欲不东归。及群臣表至，乃大喜，命食作乐，下诏定行日。肃宗大悦，召李泌告之道："皆卿力也。"因命酒与共饮，至夜留宿，同榻而寝。李泌道："臣今略报圣恩，愿请复为闲人。"肃宗道："朕与卿久同忧虑，今方同乐，奈何思去。"李泌道："臣有五不可留：臣遇陛下太早，陛下宠臣太深，任臣太重，臣功太大，亦太奇，此所以不可留也。"肃宗笑道："且睡，另日再议。"李泌道："陛下不许臣去，是欲杀臣也。"肃宗惊讶道："卿何疑朕至此，朕岂是欲杀卿者。"李泌道："杀臣者非陛下，乃五不可也。陛下向日待臣如此之厚，臣于事犹有不敢言者。况天下既安，臣敢言乎？"肃宗道："卿此言，必因朕不从卿先伐范阳之计乎？"李泌道："非也，乃建宁王之事耳。"肃宗道："建宁欲杀其兄，朕故除之。"李泌道："建宁若有此心，广平王当恨之。今广平王每与臣言其冤，为之流涕。况陛下昔欲用建宁为元帅，臣请用广平王。若建宁王果有害兄之意，宜深恨臣，何当日以臣为忠，愈加亲信。此可察其心矣。"肃宗泪下道："卿言是也，朕知误矣，然既往不咎。"李泌道："臣非咎既往，只愿陛下警戒将来。昔天后无故掩杀太子弘。其次子贤忧惧，作《黄瓜辞》，其中两句云：'一摘使瓜好，再摘使瓜稀。'今陛下已一摘矣，幸无再摘。"李泌这话，因知张良姊忌广平王之功也，常谗谮他，恐肃宗又为所惑，故言及此。当下肃宗闻说，悚然道："安有是事。卿之良言，朕当谨佩。"李泌复恳求还山。肃宗道："且待东京报捷再议。"又过了几时，东京捷报说，贼将自西京败后退走保、陕，安庆绪遣严庄引兵助之，郭子仪等与贼战于新店，叶护引兵击其后，腹背夹攻，贼兵败走。子仪遣兵分道追击，庆绪率其党走河北，临行，杀前所获唐将哥舒翰等三十余人，独许远自刎而死。广平王入东京，出府库中物与叶护，又令民间助罗锦万匹与之，免于俘掠，百姓欢悦。肃宗闻报大喜。李泌即请还山，肃宗知不可留，乃许之。泌辞朝而去。未知后事如何，且看下回分解。

第三十四回

达奚盈盈续旧好　江采萍妃返故宫

却说李泌辞朝隐居衡山，可惜肃宗不曾从其先伐范阳之策，以致两京虽复，贼气未殄。安家父子乱后，又继以史家父子之乱。劳师动众，久而后定，此是后话。当时肃宗闻东京捷报，即遣韦见素、秦国模入蜀奏上皇，便请上皇驾回西京。又命秦国桢赍诏往东京褒赏将士，慰安百姓。又命兵部员外郎罗采为之副，一同往东京，即日起行。那罗采是罗成的后裔，与秦国桢原系中表旧戚。二人作伴同行。罗采道："我有一位姑娘，小名素姑，嫁河南兰阳县白刺史家，无子而早寡，守志不再醮，性喜修真学道，得遇仙师罗公远，说与我罗氏是同宗，因敬素姑是节妇，赠与丹药一粒，服之却病延年，今已六十余岁，向在本地白云山修真观里焚修，待公事之暇，当往候之。"国桢道："他是兄的姑娘，就是弟的表姑娘，明日到那里，与兄同往一候便了。"不则一日，来到东京，各官迎接入城。国桢开读诏书，抚恤士庶，出府库钱粮，犒赏军士，毋得搔扰百姓。当时军民人等闻诏，都欢呼万岁。秦国桢与罗采宣诏毕，退就公馆。过了两日，便相约同往访候素姑，遂起身至兰阳县，在馆驿歇下。至次日，二人各备礼物，换了便服，屏去仆从，只带两个家人，上马来至白云山前，策马入山。访问至修真观前下马,见观门掩闭,家人叩了三下,走出一个白发老婆婆,开门说道:"客官,我们观主年老多病,闭门静养,有失迎接,请回步吧。"罗采道:"我们非别客,烦你通报,说我姓罗名采,长安居住,是观主的侄儿,特来拜候姑娘。"那婆婆听说是观主的亲戚,只得让他们步入观中,忙进内边去通报。少顷,钟声一响,只见素姑身穿白道袍,头裹幅巾,足蹑棕履,手持拂子,冉冉而出,面容和善,举止轻便。罗采与秦国桢上前拜见,素姑答礼,命坐看茶。各自略叙寒暄。素姑向国桢问道:"此位何人?"罗采道:"此即吾中表旧戚秦状元名国桢的便是。"素姑道:"原来就是秦家官人。"说罢,只顾把那秦字来口中沉吟。国桢与罗采各命从人将礼物献上。素姑道:"二位远来相探,足见亲情,何须礼物。"二人道:"薄礼不足为敬,幸勿麾却。"素姑收了礼物,因问二位:"为何事而来?"罗采道:"我二人都奉钦差赍诏到此。请问姑娘,前日贼乱之时,此地不受惊恐吗?"素姑道:"此地极幽僻,昔年罗公远仙师曾寄迹于此。他说此地可免兵火,因指点我来此住的。我自住此,立下清规,并不使俗人来缠扰。今二位是我至戚,我也忝居长辈。既承相顾,不妨随喜随喜。"便叫女童摆上素斋来吃了。随引二人入内边到处观玩。

　　行过一层庭院,转出一小径,另有静室三间,闭门封锁,只留下一个门洞,也把板儿遮着。忽闻一阵扑鼻的梅花香,国桢道:"这里有梅树吗?"素姑微笑,把手指那三间静室道:"梅花香,自此室中来,却不是树上开的。"罗采道:"这又奇了,不是树上开的却是那里来的?"素姑道:"说也话长,请到外面坐了,细述与二位贤侄听。"三人仍至堂中坐下。素姑道:"这件事甚奇怪,我也从未对人说,不妨为二位言之。我当年初住此间,罗公远曾云:'日后有两个女人来此,你可好生留着,二女俱非等闲之辈,后来正有好处。'及至禄山反叛,西京失守之时,忽然一个女人,年约三十以外,骑一匹白驴跑进观来。那时我起身迎住,扶他下驴,那驴儿即腾空而起,直至半天,向西去了。我心中骇异,问那女人,他不肯明言来历。但云:'我姓江,为李家妇,因在西京遭难欲死,遇一个仙女相救,把这白驴与我乘坐。叫我闭了眼,任他行走。觉得此身如行空中,霎时落下地来,即到这里。据那仙女说,你所到之处,便且安身。身既到此,不知肯相容否?'我因记罗公远的言语,遂留他住在这静室中,不使外人知道。那女人也足不出户。过了几时,又有个少年美貌的女子进来要住,那女人是原任河南节度使达奚珣的族侄女,小字盈盈,向在西京已经适人。因其夫客死于外,父母都亡,遂依达奚珣到任所。不想达奚珣降贼,此女知有后祸,立意要出家。闻此间观中幽僻,禀过达奚珣,径来到此。我留他与那姓江的人同住。两月前罗公远同一位道者,说是叶法善,到此间,那姓江的却知二师之神妙,乃与达奚女出关拜谒。叶法善向空中幻出梅花一枝,赠与江氏说道:'你性爱此花,今可将这一枝供着,附你四时常开,清香不绝,享完后福,与花同谢。'罗公远就取纸笔题诗八句,付与达奚女说道:'你将来的好事,都在这诗中,你有遇合之时,连那江氏也得重归故土了。'言讫二仙飘然而去。自此那枝梅花供在室中瓶里,直香到如今,你道奇也不奇。"二人听了都惊讶道:"有这等奇事。"因问:"那八句诗怎么说?"素姑道:"那诗句我却记得,等我诵来,二位便可代他详解一详解。"其诗云:

  避世非避秦,秦人偏是亲。
  江流可共转,画景却成真。
  但见罗中采,还看水上萍。
  主臣同遇合,旧好更从新。

二人听罢沉吟半晌。国桢笑道:"我姓秦,这起二句,像应在我身上。"素姑道:"便是呢,我方才听说是秦家官人,也想到此。当日达奚女见了这诗,私下对我说,在京师时有个朝贵姓秦的,与他曾有婚姻之议。今观仙师此诗或者后日相遇也未可知。今恰好表侄姓秦。"秦国桢道："此女既有此言，敢求表姑去问他在京师住居何处，所言姓秦的是何名，官居何职，就明白了。"素姑道："说的是。"就走入去。少顷出来说道："我问他姓秦的果然是贤表侄。他说向住京师集庆坊，曾与状元秦国桢相会来。"国桢听了欣然道："原我前所遇者乃达奚女。"便欲请相见。素姑道："且住，我才说你在此，他还未信，且云：'我既出家，岂可复与相会。'"国桢道："等我题诗一首寄他。"诗曰：

记得当年集庆坊，楼头相约莫相忘。
旧缘今日应重续，好把仙师语意详。

国桢题完，再求素姑拿与他看。盈盈见了诗，沉吟不语。素姑道："你出家固好，但详味仙师所言，只怕俗缘未断，出家不了，不如依他旧好从新之说为是。"盈盈闻言，也就应允。国桢闻知欢喜，但念身为诏使，不便携带女眷同行。因与素姑相商："且叫盈盈仍住观中，待我回朝复命了，然后遣人来迎。"

当日只在洞前与盈盈相见一面，含悲带喜，虽不交一言，而情已难舍。是晚，国桢、罗采在观中止宿。素姑挑灯煮茗，与二人谈及这八句诗。罗采低头凝想，忽然说道："是了是了，我猜着了。这江氏说是江家女李家妇，莫非是上皇的妃子江采萍吗？你看诗句中明明有江采萍三字。前日乱贼入宫，或者遇仙得救，避到这里，日后还可重归宫禁，再侍上皇，也像达奚女与秦兄复续旧好的一般。不然，如何说'主臣同遇合'呢。"国桢道："这一猜甚是有理。表兄姓罗名采，诗语云：'但见罗中采，还看水上萍。'却像要你送他归朝的。"素姑道："若果是江贵妃，自然该奏报请旨。"罗采道："只要问明确实，然后好具表申奏。"素姑道："待明早我问达奚女，他必然晓得。"到了次早，素姑至静室中见了盈盈，私问那江氏毕竟是谁家的内眷？盈盈笑道："他一向也不肯说，昨日方才说出，你莫小觑了他，他就是上皇旧日宠幸的梅妃江采萍哩。"素姑闻言大喜道："我侄儿猜得不差。"

看官听说，原来梅妃向居上阳宫，甘守寂寞。后安禄山反叛，逼近京师；太子西狩，乱贼入城。梅妃恐为贼所辱，大哭一场，将白绫一幅，就庭前梅树上自缢。忽有人解救，身子依然立地，睁开眼看时，却是一个星冠云披的美貌女人。梅妃问是何人，那女人道："我是韦氏之女，张果先生之妻也。特来相救，你日后还有再见至尊之时。今不当便死，我送你到一处暂且安身，以待后遇。"遂于袖中取出白纸，放在地上，吹口气，登时变成一匹白驴，扶梅妃骑上，腾空而起，来到修真观中。因此得遇素姑，相留住下。当时不敢实说来历。素姑又见白驴腾空而去，疑此女是天仙，不敢盘问。梅妃忽闻诏使罗采姓名，与诗中相合。盈盈又得与秦状元相遇，诗中所言，渐多应验。又闻两京克复，上皇将归。因把实情告知盈盈，要他转告素姑，使罗采表奏朝廷。恰好素姑来问，盈盈细述其事，素姑惊喜，随即请见梅妃，要行朝廷之礼。梅妃扶住道："多蒙厚意，尚未酬报。还仗姑姑告知罗采诏使，为我奏请。"素姑应诺，便与罗采说知。罗采先上笺广平王启知其事，广平王随于东京宫中选几个旧曾供御的内监宫女，到观中参谒识认，确是梅妃，乃具表奏闻。罗采亦飞疏上奏。疏中并及秦国桢与达奚盈盈之事，意说盈盈是国桢向所定之副室，因乱阻隔，今亦于修真观中相遇，虽系降贼官员达奚珣之族女，然能心恶珣之所为，甘做女冠，矢志自守，其节可嘉。肃完览奏，一面遣人报知上皇，一面差内监二人率领宫女数人，赴修真观中迎请梅妃速归故宫。又降诏达奚盈盈即归秦国桢副室，给与封诰。那时国桢起马回朝，中途闻诏，即差家人至修真观传语盈盈，叫他唤达奚珣家老仆、女使随侍，跟着梅妃的仪从，一起进京。当下梅妃与盈盈谢别素姑，一起起程。未知后事如何，且看下回分解。

第三十五回

得画像上皇题诗　遗锦袜老妪获钱

却说上皇在蜀中，常常思念梅妃。因有人传说，贼人曾于梅妃宫边获一女尸，认是梅妃之尸。上皇闻此言，只道梅妃已死，十分伤感，日日挥泪。高力士见上皇悲思甚切，乃求得梅妃的画真，进呈御览。上皇看了叹道："画像绝肖，惜不活耳。"遂亲题诗一首于上云：

忆昔娇娃侍紫宸，铅华懒御得天真。
霜绡虽似当年态，怎奈秋波不顾人。

后有人传说梅妃不曾死，前所获女尸不是梅妃。上皇闻之疑其散失民间，遂下诏：

军民士庶，有知妃子江采萍所在者，即行奏报候赏；或有遇见奉送来京者，授六品官，赐钱百万。

诏谕方下，恰好肃宗见罗采的表章，遣使来奏闻。那时上皇已发驾起行，途次得奏，大喜。传旨罗采等候驾回京颁赏，江采萍着回宫候见。此时梅妃已至西京，承肃宗之意，仍入居上阳宫了。上皇行近西京，肃宗率百官出都门奉迎，百姓遮道罗拜，俱呼万岁。肃宗俯伏上皇车前，涕泣不止，上皇亦涕泣抚慰。肃宗奏请避位，上皇不允。车驾即日至太庙告谒，因见太庙残毁，仰天大哭。臣民感伤。告谒毕，车驾回朝，肃宗乘马傍车而行。上皇至朝，不御大殿，只就便殿暂住。上下诏："朕尊为太上皇，以兴庆宫为娱老之所。朝廷政事不复与闻。"遂退入兴庆宫，即召梅妃入宫见驾。梅妃朝拜悲啼，上皇甚不胜情，好言慰劳，即以所题画真与看。梅妃拜谢道："圣人之情，见乎辞矣。臣妾虽死，亦当衔感九泉。"因又把当日投环遇救，避难逢仙之事，面奏一番道："妾若非张果先生使其妻远来相救，安能今日复见天颜。"又将叶法善所赠梅花，呈与上皇观览。上皇见花色晶莹，清香袭人，不胜骇异道："你得此仙梅，庶不愧梅妃之称矣。"梅妃又将罗公远的诗句奏闻道："此诗虽赠达奚女，而妾因罗采方得奏报之事，已寓于中。"上皇嗟叹道："罗公远昔曾寄书与朕，说，'安莫忘危'，这'安'字明明说安禄山。又寄药物，名蜀当归，是说朕避乱于蜀，后来仍当归京师。当时莫解其意，今日思之，无一不验。"上皇传命加罗采官三级，赐钱百万。封罗素姑为贞静仙师，赐钱二百万，增修观宇。命塑张果、叶法善、罗公远三仙之像于观中，虔诚供奉。梅妃又念盈盈同处多时，互相敬爱，因请上皇以虢国夫人旧宅赐与住居。这正是应罗公远诗中"画景却成真"一句。当初盈盈把虢国宅院的画图与国桢看了，隐过了自己的事。谁想今日竟把画图中的宅院赐与他，却不是弄假成真。当下秦国桢接到盈盈，就于赐宅中相会，重讲旧情，十分恩爱。国桢夫人徐氏极是贤淑，因此妻妾相得，后来各生贵子。那素姑寿至百有余岁，坐化而终。此是后话不题。

当日梅妃朝见上皇过了，便欲辞回上阳宫，上皇留他在兴庆宫同处。自此，上皇复得梅妃侍奉，甚可消遣暮年。但常念及杨妃惨死，不胜悲痛。前自蜀中回京，路过马嵬，彼时欲以礼改葬。侍郎李揆奏道："昔日龙武将士，因诛杨国忠故累及妃子，今若改葬故侍，恐龙武将士疑惧生变。"上皇闻奏，暂止其事。及回京后，密遣高力士潜往改葬，且密谕：若有贵妃所遗物件可以取来。"力士奉旨，即至马嵬驿西道北坎下，潜起杨妃之尸，移葬他处。其肌肤已朽，衣饰成灰，只有胸前紫罗香囊尚然完好。那紫罗乃外国贡来，冰丝所织，囊中又放异香，故得不坏，力士收藏过了。又闻得有遗下锦裤袜一只，在马嵬山前钱妈妈处，遂以钱十千买之。原来杨妃，当日缢死于马嵬驿中，匆匆瘞埋。车驾既发，众驿卒至驿中。其中有一姓钱的驿卒，拾得锦裤袜一只。知道宫中嫔妃所遗，遂暗暗藏过，回家把与母亲看。那母亲钱妈妈见这裤袜上用五色锦线绣成一对并蒂莲花，光彩眩目，余香犹在，便道："此必是那亡过的妃子所穿，这样好的东西，不容易见得。"忽有邻居老媪过来，也看了一回，于是传说开去。就有人来借观，这个看去了，那个也要来看。后来要看的人多了，钱妈妈便索起钱钞来。越得钱多，越有人要看，直索至百文一看。那妈妈获钱数万，好不快活。当时高力士闻知，将钱来买，钱妈妈不敢不与。力士将这锦裤袜与那紫罗香囊，一并献与上皇复旨。上皇见了这二物，嗟悼不已。即命宫人藏好，闲时念及，常取来观看叹息。一日，内侍传到肃宗的表章，为请命赦宥两个降贼的朝官。未知是那个，且看下回分解。

第三十六回

赦反贼君念臣恩　　了前缘人同花谢

却说上皇见肃宗有表章到，展开一览，是为处分从贼官员的事。原来肃宗迎上皇之后，蒙上皇传旨云："叛臣不可轻宥，当正其罪，以昭国法。"肃宗乃分六等议处。法司议得：达奚珣等一十八人应斩，家口没入官；陈希烈等人，应赦令自尽；其余或流，或贬，或杖，分别拟罪具奏。肃宗俱依所议，只于斩犯中欲赦二人。那二人即故相燕国公张说之子，原任刑部尚书张均、太常卿驸马都慰张垍。你道肃宗为何欲赦此二人？只因昔日上皇为太子时，太平公主心怀忌嫉，朝夕视察东宫过失，纤微之事，俱上闻于睿宗。其时肃宗尚未生，其母杨氏本系东宫良媛，偶被幸御，身遂怀孕，私心窃喜，告知上皇。那时上皇正在危疑之际，想："这事若使太平公主闻之，又要说我内多嬖宠，在父皇面前谗谮，不如以药下其胎。"时张说为侍讲官得出入东宫，乃与密议此意。张说道："龙种岂可轻动。"上皇道："我年方少，不患子嗣不广，何苦因宫人一胎，滋忌者之谤言。吾意已决，急欲觅堕胎药，却不可使闻于左右。先生幸为我图之。"张说应诺，回家自想："良媛怀孕，莫大之喜。今欲堕落，岂不可惜。又想太子若不如此，谗谮固所不免，那时我亦难为太子强辩。今我听之天数，取药二剂，一安胎，一堕胎，送与太子，只说都是堕胎药，任凭取用一剂。"上皇大喜。是夜尽屏左右，密置炉火，随手取一剂亲自煎煮好了，持与杨氏，谕以苦情，温言劝饮。杨氏不敢违太子之命，只得涕泣饮之。上皇看他饮了，只道其胎即坠。不意睡至天明，竟无发动。原来倒吃了那剂安胎药。上皇心甚疑怪，那日因侍睿宗内宴，未与张说相见。至夜回东宫，仍屏左右，置炉火亲自煎起那一剂药。煎到九分，忽然神思困倦，坐在椅上打盹。恍惚之间看见一人，赤面美髯，蚕眉凤眼，绿袍玉带，威风凛凛，绕火炉走了一遍忽然不见。上皇惊醒，起身一看，只见药铫已倾翻，炉火炭火已尽熄，大为骇异。次日，张说入见，告以夜来之事，且命更为觅药。张说拜贺道："此乃神护龙种也，不可轻堕。臣前日不敢违殿下之意，故欲决之于天命。所进二药，其一实系安胎之药，即前宵所服者是也。臣意二者之中任取其一，其间自有天命。今既欲堕而反安，而欲堕则神灵护之，天意可知矣。殿下虽忧谗畏讥，其如天命何。腹中所怀必非寻常伦匹，还须调护为是。"上皇信其言，遂息了堕胎之念。未几，睿宗禅位。至明年，太平公主以谋反赐死，宫闱平静。时肃宗诞生。及长，张说谓其貌类太宗，因此上皇嘱意，初封忠王，及太子瑛被废，遂得立为太子。至肃宗即位，杨氏已薨，追尊为元献皇后。他平日曾把怀胎的事说与肃宗知道，肃宗极感张说之恩。张说亡后，二子张均、张垍俱为显官，恩荣无比。不意竟以从逆得罪当斩。肃宗不忘旧恩，欲赦其罪。却因上皇曾有叛臣不可轻宥之谕，今欲赦此二人，不敢不启奏上皇。只道上皇亦必念旧，免其一死；不道上皇深恨此二人，批旨不准。肃宗得旨，心甚不安，即亲至兴庆宫朝见上皇，面奏道："臣非敢徇情坏法，但臣向非张说，安有今日，故不忍不曲宥其子。伏乞父皇法外推恩。"上皇道："吾看汝面，姑宽张垍便了。张均这奴，我闻其引贼官，破坏吾家，决不可活。"肃宗不敢再奏，谢恩而退。上皇乃即日下诰云：

> 张均、张垍，本俱应斩。今从皇帝意，只将张均正法，张垍姑免死，长流岭南。余俱依所拟。

诰下法司，遵诰施行。张均与达奚珣等众犯，俱斩于市。自此上皇居兴庆宫，朝政不予。唯有人征讨、大刑罚、大封拜，肃宗具表奏闻。

那时肃宗已立张良姊为皇后。这张后甚不贤良，性狡而忌，及立为后，颇能挟制天子，与权阉李辅国比附。辅国又引用其同类鱼朝恩。时安、史二贼尚未殄灭，命郭子仪、李光弼等，各领兵往剿。乃以宦官鱼朝恩为观军容使，统摄诸军。于是人心不服；临战之时又遇大风昼晦，诸军俱溃。郭子仪以朔方军断河阳桥出东京。肃宗听鱼朝恩之言，召郭子仪回朝，以李光弼代之。子仪临发，士卒涕泣，遮道请留，子仪轻骑竟行。上皇闻之，使人语肃宗道："李、郭二将，俱有大功，而郭尤称最，唐家再造，皆其力也。今日之败，乃不得专制之故，实非其罪。"肃宗遵命。因此，后来灭贼功成，行赏功之典，李光弼加太尉中书令，郭子仪封汾阳王。子仪善处功名，富贵不使人疑忌；虽握重兵在外，一纸诏书征之，即日就道，故谗谤不得行；七子、八婿俱为显官；家中珍货山积；享年八十有五，薨逝后朝廷赐祭葬赐谥，福寿双全，生荣死哀。这是后话，且不必细述。

却说梅妃复侍上皇之后，四方依旧进贡梅花。但梅妃自得了那枝仙梅，把人间凡卉都看得平常。这仙梅果然四季常开，愈久愈香，花色亦愈鲜洁。梅妃随处携带把玩。忽一日早起，觉得那梅花香气顿减，花色憔悴。把手去移动，只见花瓣儿多飘飘零零地落下。梅妃惊骇道："仙师云，我命当同此花同谢，今花已谢矣，我命可知。"自此染成一病，卧床不起。太医切脉进药，梅妃不肯服药，说："命数当终，岂药石所能挽回。"上皇亲来看视，执手劝慰道："妃子有病，还须服药为是。"梅妃涕泣道："臣妾自退处上阳，自分永弃，继遭危难，命已垂绝，岂意复得重侍至尊，此真万幸。今福缘已尽，仙师所云'与花同谢',此其期矣。妾死之后,那枝仙梅,留在人间料难种植;若以殉葬,又恐亵渎。宜取佛炉中火焚之。"上皇道:"妃子何遽言及此。"梅妃道:"妾前宵梦寐之间,复见那韦氏仙姬在于云端,谓妾曰:'汝两世托身皇宫,须记本来面目,今不可久恋人间,蕊珠宫是汝故居,何不早去。'据此来看,妾死后当入佳境,谅无所苦。但圣恩如天,图报无地,为可叹恨耳。"言讫,瞑目而逝。上皇放声大哭,高力士叩头劝慰。上皇道:"此妃与朕,几如再世姻缘,今复先我而逝,能无痛心。"遂命以贵妃之礼殓葬。上皇记念梅妃遗言,即命将一枝仙梅,以佛炉中火焚化于梅妃灵前。说也奇怪,那梅枝一入火中,香气扑鼻,火星万点,腾空而起,都化作梅花之形,飞入云霄而没。时肃宗闻知梅妃薨逝,上皇悲悼,遂亲来问慰。即于灵前设祭,各宫嫔妃也都吊祭。只有张后托疾不至,上皇不悦。因对力士道:"皇后殊觉骄慢。"力士密启道:"内监李辅国阿附皇后,凡皇后之骄慢皆辅国所教。"上皇道:"朕久闻此奴横甚,俟吾儿来,当与言之。"力士道:"皇后侍上久,辅国握兵权,其势不得不为忧容。所以皇帝亦不与深较。太上即有所言,恐亦无益。"上皇沉吟不语。未知如何,再看下回分解。

第三十七回

迁西内离间父子　遣鸿都结证隋唐

　　却说上皇闻李辅国与张后内外比附弄权，心中忍耐不住。一日，肃宗来问安，说了些朝务。上皇道："从来治国必先齐家，今闻阉奴李辅国附比中宫，怙势作威，汝知之否？"肃宗悚然起应道："容即查治。"言讫而退。原来张后恃宠骄悍，肃宗因爱而生畏，不敢稍加声色。李辅国掌握兵柄，阿附张后，倚势弄权。肃宗虽亦心忌之，只是奈何他不得。故虽承上皇严谕，亦隐忍不发。那知上皇这言语，早被内侍们传入李辅国耳中。辅国密地启知张后，各怀怨怒，相与计议道："上皇深居宫禁，安知此事。此必是高力士妄生议论，闻于上皇故也。力士为上皇耳目，当图去之，更须使官家莫要常与上皇相见，须迁上皇于西内为妙。"

　　却说上皇所居兴庆宫与民间闾阎相近。其西北隅有一高楼，楼上可见街市。上皇时常临幸此楼。街市过往的人，遥望叩拜。上皇有时以御膳余剩之物，命力士宣赐街市中父老，人都欢乐，共呼万岁。李辅国便借端密奏肃宗道："上皇居兴庆宫，而高力士日与外人交通，恐不利于陛下。且兴庆宫与民居逼近，非至尊所宜居。西内森严，当奉迎太上居之，庶可杜绝小人，无有他虞。"肃宗道："上皇爱兴庆宫，今无故迁徙西内，殊拂圣意，断乎不可。"辅国见肃宗不从，乃密启张后。张后将欲上奏，适肃宗偶触风寒，身子不豫，暂罢设朝，只于宫中静养。辅国遂乘此机会与张后定计矫旨，遣心腹内侍及羽林军士，诣兴庆宫见上皇奏道："皇爷称兴庆宫逼近民居，有亵至尊。故特请驾幸西内。皇爷现在西内候太上驾到。"上皇心下惊疑不决。高力士奏道："既皇帝有旨来迎，太上可且一往，俟至彼处与皇帝面言，或迁或否，再作计议。"上皇无奈，只得上辇，力士令军士前导，内侍拥护銮舆。将至西内，李辅国前来迎接。车驾入西内，至甘露殿上。上皇下辇，升殿坐定，问："皇帝何在？"辅国奏道："皇爷适间正欲至此迎驾，因触风寒，忽然疾作，不能前来，令奴辈转奏，俟疾稍痊，即来朝见。"说罢叩辞而去。上皇连声叹息。力士道："今日迁宫之举，必是辅国作祟，皇后主张，非皇帝圣意。"上皇道："兴庆宫是朕所建，于此娱老，颇亦自适。不意徙居此地，茕茕老身，几无宁处，真可为长太息。"说罢，凄然欲泪。那时，李辅国矫旨迁上皇于西内，恐肃宗病愈见责，乃托张后先为奏白。肃宗骇然道："得毋惊太上乎？"张后道："上皇已安于此，并无他言。"肃宗想张后、辅国如此作为，亦无可奈何。及病小愈，即欲往朝，又被张后阻住再过数日，肃宗命驾往西内，朝见上皇起居毕。上皇没其言语，唯有咨嗟叹息。肃宗心上不安，逡巡告退。回至宫中，张后接见，又冷言冷语。肃宗受了闷气，旧病复作。上皇闻知，遣高力士来问疾。肃宗闻上皇有使臣到，即命宣来。那知张后与辅国正恨力士，要处置他。便遣小内侍假传口谕，叫他回去。待力士转身回步后，方传旨宣召。力士连忙再回到宫门，辅国早劾奏说："高力士奉差问疾，不候旨见驾，擅自转回，大不敬，宜加罪斥。"张后立逼肃宗降旨，流高力士于巫州，不得复入西内。一面遣中官奏闻上皇，一面着该司即日押送力士赴巫州安置。后力士闻上皇晏驾，追念君恩，日夜痛哭，呕血而死。

当时上皇闻力士被罪远流，益发惨然。左右使令，都非旧人。只有旧乐工张野狐、贺怀智、李暮等三四人随侍。上皇每日思念梅妃与杨妃，涕泪不已。时有一方士姓杨名通幽，自称鸿都道士，闻上皇追念故妃，因自言有李少君之术，能致亡灵来会。李暮闻知，荐于上皇，召入西内，要他作法，招引杨妃、梅妃的魂魄来相见。通幽乃于宫中结坛，焚符发檄，步罡诵经，竭其术以致之，竟无影响。上皇不胜嗟叹。通幽道："二妃必非凡品，当是仙子降生，故难招来。臣请游神驭气穷幽极渺，寻取仙踪回报。"遂俯伏坛中，运出元神，游行霄汉。忽见一白鹦鹉展翅飞翔，作人言道："寻人的这里来。"通幽知是仙禽引路，就随其飞而行。忽见一所宫殿，那鹦鹉飞入宫中去了。通幽见宫门上有金字匾书"蕊珠宫"三字。又见二仙女从内而出，一穿绣衣，一穿素衣。那绣衣仙女指着通幽道："下界生魂，何由来此？"通幽稽首道："下方道士，奉上皇命，访求故妃魂魄，今逢二位仙娥，莫非是杨太真、江采萍乎？"绣衣仙女道："非也，我乃河伯夫人。"指着素衣仙女道："此位乃龙女也。那江采萍宿原世系蕊珠宫仙女，两度谪落人间，今他尘缘已尽，仍回本处，汝未可得见。那杨阿珠，多作恶孽，安得至此。汝欲访他，可向东行去，自有人指示你。"

通幽闻言，往东而去。来到一座高山，遥见苍松之下，坐着三位仙翁，二仙对弈，一仙旁观。通幽上前参谒，叩问三仙姓氏。那位上首的仙翁道："我即张果，此二位即叶法善、罗公远也。我想上皇今已老矣，也该觉悟，却又命你来访求二妃魂魄，何不洒脱至此。"通幽道："梅妃在蕊珠宫，弟子适已闻之，只不知杨妃在何处，伏乞仙师指引一见，以便复上皇之命。"张果道："你可知上皇与杨妃的前因后果吗？"通幽道："弟子未知。"张果道："上皇宿世乃元始孔升真人，因在太极宫听讲，不合与蕊珠宫仙女相视而笑，犯了戒律，谪生尘凡，罚作女身，即隋宫朱贵儿是也。当时贵儿骂贼而死，天庭最重忠义，应得福报。只因他与隋炀帝有凤缘，又曾私相誓愿来生再得配合，故使转生为开元天子，完此一段誓愿。"通幽道："请问朱贵儿与炀帝有何夙缘？"张果道："炀帝前生是个怪鼠，因窃食九华宫皇甫真君丹药，被真君缚于石室一千三百年，他在石室潜心静修，立志欲做人身，享人间富贵。那孔升真人偶过九华宫，知怪鼠被缚多年，怜他静修已久，劝皇甫真君放它，往生人世，享些富贵，酬其夙志，有此一劫，结下夙缘。皇甫真君因奏请上帝，将鼠怪托生为炀帝，以应劫运。恰好孔升真人亦得罪降谪为朱贵儿，遂以夙缘而得相聚，不意又与炀帝结下再世姻缘，因又转生为唐天子，炀帝转生为杨妃。那炀帝既为帝王，怪性复发，且有弑逆大罪，上帝震怒，只判与十三年皇位，敕以白练系颈而死，罚转女身，仍姓杨氏，与朱贵儿后身，完结孽缘，仍以白练系死，然后还去阴司候结。那弑逆淫暴的罪案，况他为妃子时，又恃宠造孽，罪上加罪。如今他的魂魄已入地狱，要那里去寻他。"通幽道："原来有这些因果。但弟子怎好把这些话去回复上皇。"叶法善道："你不妨用饰辞以应之。"通幽道："饰辞无据，恐不相信。"罗公远道："要有凭据也不难。我闻得天宝十载，杨妃从上皇避暑骊山宫，于七月乞巧之夕，并坐长生殿庭中纳凉时，已夜半，宫婢俱已寝息，杨妃与上皇相誓，愿世世为夫妇。此事世间无一人知道，你可以此回奏，自然相信。"通幽道："朱贵儿与炀帝有私誓，遂得再合，今杨妃与上皇也有私誓，来生亦得再合否？"公远道："贵儿以忠义相感，能如愿。杨妃无贞节，其私誓不过痴情痴念，那里做得准。"通幽道："梅妃前因，还求仙师说明，好一并回奏。"张果道："梅妃即蕊珠仙女，因与孔升真人一笑，谪降人间。两世都入皇宫，在隋时为侯夫人，负才色而不遇主，以至自经再转生为梅妃，方与孔升真人了一笑之缘。如今仍做仙女去了。你今回奏，只说二妃俱是仙女，各个安乐，须劝上皇洗心忏悔，勿昧前因，当复仙位。"言讫，把袖一挥。通幽早于坛中惊醒，遂趋上皇御前启奏说："梅妃、杨妃俱是蕊珠宫仙女，他云：'上皇系仙真降生，与我有缘，故得聚首,今虽相别,后会有期,不须悲念,奉劝上皇,及早明心养性,万岁后,当复仙位。'"上皇听了,心还未信。通幽又把杨妃七夕私誓之言奏上,上皇闻言,始仇其真,厚赏通幽。

　　自此,上皇屏去纷华,辟谷服气,日夕诵经,至肃宗宝应元年夏四月,无疾而崩。肃宗闻知涕泣,病势转重,不久亦崩。张后欲废太子,辅国不从,竟弑张后,立太子,是为代宗。后辅国被刺客刺死。那安、史余贼至代宗广德年间方殄灭。今此一书,不过说明唐明皇与杨贵妃的前因后果。代宗以后,尚有十三传皇帝,诸事其号,另俱别编,兹不复志。